KB141695

SF,
어떻게
쓸까?

SF 쓰는 법과 페미니즘 SF

SF, 어떻게 쓸까?

남유하

yeon doo

차례

들어가며

저는 어렸을 때부터 지구의 평화를 지키기 위해 싸우는 로봇이나 자신의 정체성이 무엇인지 고민하는 사이보그, 하수도에 사는 거대한 괴물 이야기를 좋아했습니다. 어른이 되고 나서도 제 관심을 끄는 것들은 어느 날 갑자기 초능력을 갖게 된 소년들, 지구에 불시착해 차별당하는 외계인, 화성에서 감자를 키우며 살아남기 위해 애쓰는 사람의 이야기였지요.

글을 쓰게 된 지금 제가 SF를 쓰는 건 어떻게 보면 당연한 일인 것 같습니다. 산책로에 쓰러져 있는 외계 생명체를 만나도, 도서관에 시간 여행의 포털이 나타나도 놀라지 않겠다는 각오로 현실에 없는 이야기를 찾아다녔으니까요.

이 책을 펼쳐 든 여러분도 저와 비슷하리라 생각합니다. 그러나 SF를 좋아한다고 해서 SF를 쓰는 일이 쉬운 건 아닙니다. 작가의 머릿속에만 있는 세계를 독자들에게 보여줘야 하기 때문입니다. 현실을 배경으로 한 소설에서는 어떤 세계인지 설명하지 않아도 됩니다. 주인공이 있는 곳이 학교건, 병원이건, 놀이공원이건 독자들은 쉽게 상상할 수 있습니다.

SF 작가는 자신이 만든 낯선 세계를 그럴듯하게 그려내야 합니다. 여기에서 가장 중요한 건 '진짜처럼' 보여야 한다는 것입니다. 능숙하고 치밀한 거짓말쟁이가 되는 일, 이 작업은 재미있지만 고되기도 합니다. 때로는 우주 한가운데 홀로 떠 있는 우주인처럼 외롭기도 하지요. 여러분은 그런데도 광막한 우주 공간에 기꺼이 뛰어들기로 마음먹은 사람들입니다.

괜찮습니다. 하나의 작품을 완성했을 때 느끼는 기쁨은 글을 쓰는 동안 느꼈던 모든 괴로움을 상쇄할 만큼 달콤하니까요.

목차에서 보실 수 있듯이 이 책은 1부와 2부로 구성되어 있습니다.

1부에서는 SF를 쓰는 법에 관해 이야기합니다. 제 경험을 바탕으로 여러분이 저와 같은 시행착오를 겪지 않기를 바라는 마음으로 썼습니다. 2부에는 페미니즘 SF에 관한 이야기를 담았습니다. 저는 2020년 여름부터 페미니즘 SF 강의를 하고 있는데요. 페미니즘 SF라고 하면 생소하게 느껴질 수 있겠지만, SF 혹은 장르 소설을 좋아하는 분이라면 어슐러 K. 르 귄, 옥타비아 버틀러, 마거릿 애트우드의 이름을 들어봤을 겁니다. 페미니즘 SF에서는 이러한 거장들의 작품을 함께 읽고 이야기합니다. 저는 강의 덕분에 이들의 작품을 반복해서 읽으며 성장하고 있습니다. 전복적인 서사란 무엇인가, 궁금하다면 페미니즘 SF의 세계로 오세요. 저는 페미니즘 SF가 사고의 지평을 넓혀준다고 확신합니다.

부디 이 책이 재미와 정보를 줄 수 있기를 바라며, SF를 사랑하는 여러분을 응원하며 이야기를 시작하겠습니다.

1부

SF,
어떻게 쓸까?

SF란 무엇인가?

SF를 쓰는 법에 대해 본격적으로 알아보기 전에, SF란 무엇인가에 대해 간단히 정리하고 넘어가겠습니다.

SF는 science fiction, 과학 소설입니다. 그렇다면 과학 소설은 무엇일까요? 외계 행성 사이를 빠른 속도로 여행하는 우주선이 나오고, 문어처럼 동그란 머리를 가진 화성인이 나오고, 인간의 몸을 빼앗고 기생하며 뇌를 지배하는 외계 생명체가 나오는 소설일까요?

이런 것들이 우리가 SF라는 말을 들었을 때 가장 쉽게 떠올리는 것들이겠지요. 그렇지만 SF를 이렇게 단순하게 정의할 수는 없는 듯합니다. 여전히 많은 작가와 평론가, 연구자들이 SF란 무엇인가에 대해 각양각색의 정의를 내리고 있어요. 판타지, 로맨스, 호러 등 다른 장르와 달리 SF는 유독 이것은 SF다, 이것은 SF가 아니다,라는 식의 논쟁이 끊이지 않는 것 같습니다. 지금 당장 SF 작가 열 명을 한 방에 모아두고 SF란 무엇인가,라고 묻는다면 밤을 새워도 결론이 나지 않을 겁니다. 오죽하면 데이먼 나이트가 "과학 소설이란 '내가 손을 들어 이것이 바로 과학 소설이다'라고 가리키는 것이다."라고 말했겠어요. 어슐러 K. 르 귄은 "SF는 은유이다."[1] 라는 멋진 말을 했고요. 아서 C. 클라크는 "SF는 일어날 수도 있는 일 — 그러나 대부분 당신이 일어나지 않기를 바라는 일이다. 판타지는 일어날 수 없는 일 — 그러나 종종 당신이 일어나길 바라는 일이다."[2]라고 말했지요.

저는 SF의 여러 정의 중에서 사변 소설思辨小說이라는

1 "모든 소설은 은유이다. SF는 은유이다. SF가 기존 소설과 다른 것은, 우리 동시대 삶에서 커다란 지배력을 가진 것들, 즉 과학, 모든 과학과 기술과 상대주의적이고 역사적 견해들로부터 가져온 새로운 은유를 사용하기 때문일 것이다." 어슐러 K. 르 귄, 「1976년의 서문」, 『어둠의 왼손』, 최용준 옮김, 시공사, 2014, 24쪽.

2 "…science fiction is something that could happen — but usually you wouldn't want it to. Fantasy is something that couldn't happen — though often you only wish that it could." Arthur C. Clarke, 『The Collected Stories of Arthur C. Clarke』, Gollancz, 2001.

말을 가장 좋아합니다. 사변 소설이란 영어로 speculative fiction입니다. 로버트 하인라인이 1947년 『새터데이 이브닝 포스트Saturday Evening Post』의 기고문에서 science fiction의 동의어로 처음 썼다고 합니다. 둘 다 첫 글자가 SF로 같지요. 사변이라는 말의 뜻은 "경험에 의하지 않고 순수한 논리적 사고만으로 현실 또는 사물을 인식하려는 일"입니다. 즉 사변 소설은 현실에 존재하지 않는 요소를 상상만으로 그려내는 장르입니다. 따라서 과학 소설은 물론 판타지, 호러 소설까지 아우르는 의미로 확장되어 갔습니다.

SF의 매력, 혹은 SF의 특징을 세 가지만 꼽으라면 저는 경이감, 사고 실험, 외삽外挿이라고 하겠습니다.

경이감sense of wonder은 놀랍고 신기한 느낌입니다. 현실에서 볼 수 없는 다른 차원의 세계를 상상력으로 접하면서 느낄 수 있는 감정이지요. 작게는 '와, 어떻게 이런 생각을 했지?'라는 감탄, 크게는 소름이 돋아나고 전율을 느끼는 정도가 되겠습니다. SF 작가인 저도 독자들에게 경이감을 줄 수 있는 작품을 쓰겠다는 꿈을 꾸며 살아가고 있습니다.

다음으로 사고 실험에 대해 말씀드리겠습니다. 사고 실

험thought experiment이란 실제로 실험을 수행하는 대신 머릿속에서 단순화된 실험 장치와 조건을 생각하고, 이론에 따라 추론하여 수행하는 실험을 말합니다. 쉽게 말해 상상만으로 하는 실험입니다. 대표적인 사고 실험으로 통속의 뇌, 슈뢰딩거의 고양이, 테세우스의 배, 트롤리 딜레마 등이 있습니다.

끝으로 외삽extrapolation입니다. 외삽이란 "이용 가능한 자료의 범위가 한정되어 있어 그 범위 이상의 값을 구할 수 없을 때 관측된 값을 이용하여 한계점 이상의 값을 추정하는 것"[3] 입니다. SF에서 외삽이란 현실의 연장선상에서 미래를 예측·추론해 보는 일입니다. 우리는 수정 구슬을 들여다보듯 미래를 예측할 수는 없지만, 현재의 추세를 통해 예측해 볼 수는 있습니다. 로봇 공학의 발달로 곧 인간을 닮은 안드로이드가 나오겠구나, 어르신의 말동무를 하는 인공지능이 상용화되었으니 곧 영화 <그녀her>처럼 고도로 발달된 인공 지능 운영 체제도 등장하겠구나, 하는 예측을 해볼 수

3 네이버 교육심리학 용어 사전.

있지요.

SF 작가들은 특정한 요소를 소설 속에 집어넣고, 그 세계가 현실 세계와 어떻게 다를지 예측하며 이야기를 펼쳐나갑니다. 소설 속 세계관을 만들고 그 세계의 규칙만 잘 지킨다면 어떤 상상이든 가능하지요.

1장 소재, 구상, 시놉시스

01

소재 찾기

작가가 되고 나서 가장 많이 듣는 질문은 "소재는 어디에서 얻으시나요?"입니다. 처음에는 그런 질문을 받으면 '어? 내가 소재를 어디서 얻더라?' 하고 한참 고민했습니다. "꿈에서도 얻고, 길거리에서도 신기한 사람이나 사물을 보면 번뜩 생각이 납니다."라는 대답은 너무 성의 없어 보이잖아요. 그래서 소재를 찾는 메커니즘을 정리해 보기로 했지요.

소재는 글을 쓰는 데 바탕이 되는 아이디어, 이야깃거리입니다. 글을 쓰려면 소재가 있어야 합니다. 소재를 찾으려면 일단 세 가지를 잘 해야 합니다. 관찰하고, 파고들고, 비틀어 보는 겁니다.

다시 처음의 질문으로 돌아가 봅시다. 과연 소재는 어

디에서 얻을 수 있을까요? 사실 정답은 없습니다. 사람마다 글을 쓰는 방식이 다르듯 소재를 찾는 방식도 다릅니다. 각자 습작을 하다 보면 스스로에게 맞는 방식을 찾게 되겠지만, 저처럼 헛걸음을 너무 많이 하지 않았으면 하는 마음에 몇 가지 방법을 말씀드리겠습니다.

첫째, 꿈에서 얻을 수 있습니다.

작가들은 대부분 다몽증多夢症 환자입니다. 저뿐 아니라 주변의 작가들도 꿈을 많이 꾼다고 합니다. 침대 옆 협탁에 메모지를 두고 자는 작가들도 많습니다. 저도 마찬가지입니다. 스펙터클한 꿈을 꾸다가 벌떡 일어나 꿈의 내용을 열심히 적고 다시 잠에 빠져들 때도 있습니다. 하지만 메모한 내용의 95%는 다음날 제정신으로 봤을 때 무슨 말인지 도통 알 수 없는 암호의 나열입니다. 그래도 5% 정도는 쓸모가 있습니다. 제 소설집 『다이웰 주식회사』에 수록된 「미래의 여자」[1]라는 작품은 젊은 여자가 중년 남자와 함께 타임머신에서 내리는 꿈을 꾼 뒤 쓴 이야기입니다. 꿈속의 두 사람은 연인처럼 보이지는 않았는데 어딘지 모르게 슬픈 얼굴을 하고 있었습니다. 저는 두 사람에게 남다른 사연이 있을 거라고 직감했습니다. 그리고 두 사람의 사연을 상상하기 시작했지요. 그렇게 쓴 이야기로 저는 대전정보문화산업진흥원에서 주최하는 제5회 과학 소재 장르문학 단편소설 공모전에서 우수상을 받았고, SF 작가로 데뷔할 수 있었습니다.

둘째, 지나가는 사람들, 특이한 물건, 풍경 등에서 얻을 수 있습니다.

어느 날 지하철에서 빨간 옷을 입고, 빨간 모자를 쓰고, 빨간 구두를 신고 가는 중년 여성을 봤다고 합시다. 단순히 빨간색을 좋아하는 사람이겠구나, 하고 지나치면 그걸로 끝입니다.

하지만 우리는 글을 쓰는 사람이니까 그냥 지나치면 안 됩니다. 뭔가 남다른 걸 봤다면 거기서부터 상상을 펼쳐나가야 합니다. 어쩌면 일곱 명의 무지개 요정 중 한 명일 수도 있고, 빨간색을 숭배하는 밀교의 회원일 수도 있지 않을까?

1 이 책에서는 제가 쓴 소설의 예시를 주로 들 것입니다. 다른 작가들의 저작권을 침해하지 않으려는 법률적인 이유도 있고, 다른 작가들이 어떻게 소설을 써냈는지 저로서는 알 수 없기 때문이기도 합니다.

누군가 버스에 놓고 내린 검은 양산에 으스스한 사연이 숨어있다면? 새것 같은 양산을 주워 들고 버스에서 내리니 강렬한 햇볕이 내리쬔다. 양산을 펼쳐 든 순간 내 눈에 이상한 사람들이 보이기 시작한다면…

셋째, 뉴스에서 얻을 수 있습니다.

어찌 보면 가장 간편하게, 많은 보물을 찾을 수 있는 방법입니다. 뉴스에서 소재를 얻으면 문제의식을 담은 글, 시의적절한 글을 쓸 수 있어서 좋습니다. 다만 제가 애용하는 방법은 아닙니다.

세상에는 두 종류의 작가가 있습니다. 외부 세계에 관심을 가지고 파헤치는 작가와 내 안의 우물에서 이야기를 퍼올리는 작가. 굳이 따지자면 저는 후자입니다. 그렇다고 제가 뉴스를 보지 않는다는 의미는 아닙니다. 뉴스에서 아무리 매력적인 소재를 봤다고 하더라도 내 안의 무언가를 건드리지 않으면 글을 쓸 수가 없다는 얘기입니다. 아마 대다수 작가들이 — 정도의 차이는 있겠지만 — 공감할 것입니다. 자기 안에 품고 있던 무언가와 공명하지 않으면 글을 쓰더라도 소재에 끌려가기 쉽습니다. 뉴스에 귀를 기울이되

내 안의 목소리에도 관심을 가집시다.

넷째, '만약에'라는 가정을 활용할 수 있습니다.

'만약에'는 창작자들에게 마법의 단어입니다. 모든 소설이 그렇지만 SF는 특히 만약에,라는 가정에서 시작됩니다.

만약에 어떤 행성에 사는 존재들의 성별이 정해져 있지 않다면?

—『어둠의 왼손』, 어슐러 K. 르 귄

만약에 우리 집에 버튼이 달린 상자가 배달되고, 버튼을 누르면 내가 모르는 누군가가 죽는 대신 5만 달러를 주겠다고 한다면?

—「버튼, 버튼」, 리처드 매드슨

만약에 열 명의 아이를 낳으면 한 명을 합법적으로 죽일 수 있다면?

—『살인 출산』, 무라타 사야카

여러분도 주변에서 일어나는 일들에 만약에,라는 가정을 씌워봅시다. 기대했던 것보다 더 재미있는 소재를 찾게 될 것입니다.

위의 네 가지 방법을 써봤는데도 아이디어가 잘 떠오르지 않는다면? 그럴 때는 산책을 추천합니다. 샤워나 목욕 혹은 몸을 움직이는 활동을 하는 것도 좋습니다.

마지막으로 한 가지 더 당부하고 싶습니다. 내 소재가 특이하다 싶으면 일단 비밀로 합시다. 소재는 하늘에 떠다니는 구름 같은 것입니다. 누구나 하늘을 올려다보면 구름을 볼 수 있듯 누구나 같은 소재로 이야기를 쓸 수 있지요. 노벨 문학상을 받은 가즈오 이시구로가 『나를 보내지 마』에서 복제 인간을 소재로 썼으니 앞으로 쓸 수 없다, 그런 건 없습니다. 그렇지만 기존 작품의 설정까지 가져오면 표절이 됩니다. 문장은 말할 것도 없고요. 그런데 여러분도 표절 시비와 관련된 기사를 봤겠지만 안타깝게도 표절을 법적으로 처벌하기는 매우 힘듭니다. 창작자의 양심이 요구되는 지점이라 할 수 있지요. (소재가 구름과 같다는 것은 다른 사람이 그려놓은 구름을 베끼라는 이야기가 아닙니다. 하늘을 올려다보고 같은 구름을 보더라도 자기 나름대로 해석하는 것이 중요합니다.) 자신의 소재를 함부로 말하지 말아야 하는 건 꼭 표절 문제 때문만은 아닙니다. 구상도 하기 전에 입 밖으로 소리 내어 말해버리면 뜸 들이지 않은 밥처럼 김이 새버릴 우려가 있습니다. 어쨌거나 내 소재는 내가 지킵시다.

02

구상하기

자, 여러분은 소재를 찾았습니다. 이제 노트북 앞에 앉아 신들린 듯 키보드를 두드리면 될까요? 정답은 '아니오'입니다. 소재를 찾았으면 반드시 숙성 기간을 거쳐야 합니다. 소설은 발효 식품과 같아서 충분한 숙성이 필요합니다. 그렇다고 청국장처럼 뜨뜻한 바닥에 묻어놓으면 안 됩니다. 머릿속에 집어넣고 뒤집고 굴리면서 계속 못살게 굴어야 합니다. 그렇다면 어떻게 숙성시킬 것인가, 이 방법이 구상이라고 할 수 있습니다.

소재를 정했으면 배경과 인물을 정해야 합니다.(배경과 인물에 대해서는 다음 장에서 자세히 다루겠습니다.) 배경과 인물이 정해지면 사건을 떠올리면서 줄거리를 이어 나갈 차례입니다. 즉 플롯을 짜야 합니다. 소설에 들어갈 구체적인 에피소드를 생각하는 일, 그리고 그 에피소드를 어떤 순서로 배치할지 결정하는 일 등이 플롯을 만드는 작업입니다. 건축으로 비유하자면 설계도를 그리는 일입니다.

저는 처음 글을 쓰기 시작했을 때 머릿속에 떠오르는 대로 글을 썼습니다. 숙성이 필요하다는 것조차 몰랐습니다. 읽는 것보다 쓰는 게 좋다고 떠들며 아이디어가 떠오르면 무조건 책상 앞에 앉아 키보드를 두드렸지요. 그러다 보니 좋은 글이 나오지 않았습니다. 설익은 글, 줄거리를 늘어놓은 것 같은 글, 한 마디로 소설이라고 부를 수 없는 글들만 쌓여 갔어요. 물론 스스로는 몰랐습니다. 글쓰기 수업을 통해 작품을 합평하면서 알게 된 것입니다. 한번은 글쓰기 강사가 제 작품을 놓고 이런 말을 했습니다. "독자는 작가의 상상력 퍼레이드에 춤추지 않는다." 소재가 아무리 참신하고 좋아도 그것을 단지 늘어놓기만 하면 독자들의 공감을 얻거나 감동을 주기 어렵다는 뜻입니다. 그런 말을 듣고도 당시에는 숙성의 개념을 알지 못했습니다. 부족한 점을 꼬집어 주는 사람은 많았지만 어떠어떠한 점을 보강해야 한다고 말해주는 사람은 없었으니까요. 어쩌면 너무 기초적인 내용이라 언급을 하지 않은지도 모르겠습니다.

저는 최근까지도 제가 '플롯 없이 쓰는 작가'인 줄 알았습니다. 작품을 쓰기 전에 시놉시스를 요구받는 경우가 아니라면 구상 노트(플롯, 얼개, 뼈대, 뭐라고 불러도 좋습니다.) 없이 써나가는 쪽이었지요. 그러나 그건 착각일 뿐. 저는 철저하게 플롯에 의존하는 작가였습니다. 다만 그 플롯을 노트나 파일로 정리하지 않고 머릿속으로 정리했기 때문에 플롯 없이 쓰는 줄 알았던 것입니다.

제가 플롯을 만드는 방법은 대략 다음과 같습니다.

먼저 소재를 정하면 그 소재에 관련된 질문 — 왜 그래야만 하지? 주인공에게 무슨 일이 일어난 걸까? 그렇다면 다음은 어떻게 될까? 이렇게 연결되면 너무 작위적으로 보이지 않을까? — 을 끊임없이 던지면서 반죽을 부풀려나갑니다. 이 반죽은 보통의 밀가루 반죽과 달라서 주무를수록 부피가 커집니다. 그렇게 반죽이 쓰고 남을 정도로 넉넉해지면, 그걸 필요한 모양으로 빚기 시작합니다. 같은 반죽이라도 빚는 방식에 따라 머핀이 될 수도, 식빵이 될 수도 있습니다. 글의 분위기를 결정한다는 뜻입니다.

머핀을 만들기로 했다고요? 그러면 블루베리 머핀을 만들지 초콜릿 머핀을 만들지 결정해야 합니다. 세부적인 에피소드를 만드는 과정입니다. 다 됐으면 반죽을 오븐에 넣고 굽습니다. 처음부터 만족스러운 머핀이 구워진다면 좋겠지만 어떤 건 덜 익고, 어떤 건 타고, 어떤 건 알맞게 익었지만 너무 달아서 먹을 수 없을 것입니다. 걱정하지 맙시다. 누구나 여러 번의 실패를 거듭한 다음에야 환상적인 머핀을 만들 수 있는 법이니까요.

글을 어떻게 시작할지도 구상 단계에서 결정해야 합니다. 제목이 900냥이라면 첫 문단은 나머지 100냥 중에서 90냥쯤 될 것입니다. 저는 대체로 장면에서 시작하는 편입니다. 긴박한 사건 한가운데 인물을 던져놓습니다. 예를 들어 이런 식입니다.

무작정 집을 뛰쳐나왔다. 누군가 내 귓구멍에 젓가락을 넣어 뇌를 휘저어 대는 기분이었다. 미지근한 밤공기가 몸을 조여 왔다. 멈춰 서면 토할 것 같았다. 그래서 달렸다. 빨간불을 무시하고 횡단보도를 건너자 차들이 급정거하며 경적을 울려댔다. 나는 양재천으로 내려갔다. 한밤처럼 어두웠지만 산책하는 사람들이 많이 있었다. 시계를 봤다. 8시 20분이었다.

(중략)

뭔가 이상했다. 나는 속도를 늦췄다. 사람들이 뒤로 걷고 있었다. 처음에는 그저 아주머니들의 운동법이겠거니 했다. 그런데 아주머니들만이 아니었다. 젊은 커플도, 아저씨도, 할아버지도, 하나같이 뒤로 걷고 있었다.

—「뒤로 가는 사람들」[2]

끝으로 구상 단계에서 디테일을 놓치지 말라고 당부하고 싶습니다. 소설의 생명은 디테일입니다. 어떤 이는 디테일에 신이 있다고 하고, 어떤 이는 디테일에 악마가 있다고 합니다. 디테일에는 신도 있고 악마도 있으니, 절대로 무시해서는 안 되겠지요.

SF에서는 디테일이 더욱 중요합니다. 세상에 없는 낯선 세계를 만들어야 하기 때문입니다. 작가는 소설에 나타나지 않는 부분까지 장악해야 합니다. 우리가 쓰는 소설 속에서 주인공이 화장실에 가는 장면이 나오지는 않더라도 그 세계 — 화성이든지 250년 후의 미래든지 — 의 화장실이 어떻게 생겼는지 작가의 머릿속에 있어야 합니다. 이러한 세부 사항들은 글을 써나가면서 혹은 퇴고하는 과정에서 덧붙일 수도 있습니다. 그러나 구상 단계에서부터 많은 디테일을 갖고 시작한다면, 그림을 그릴 때 다양한 색의 물감과 다양한 크기의 붓을 갖고 시작하는 것처럼 더욱 풍성한 이야기를 만들 수 있습니다.

2 남유하, 「뒤로 가는 사람들」, 『양꼬치의 기쁨』, 퍼플레인, 2021, 87쪽.

03

시놉시스 쓰기

시놉시스는 줄거리, 개요라는 뜻입니다. 작가가 작품의 주제와 내용을 다른 사람에게 알리기 위해 알기 쉽게 간단히 적은 것을 말합니다. 시놉시스에는 제목, 로그 라인, 기획 의도, 등장인물, 줄거리 등이 들어갑니다. 공모전에 따라 시놉시스 양식은 조금씩 차이가 있습니다. 공모전을 준비하는 사람이라면 소설뿐 아니라 시놉시스도 잘 쓰는 연습이 필요합니다. 공모전을 준비하지 않더라도 시놉시스를 먼저 작성하면 글쓰기가 훨씬 수월해집니다.

예비 작가 시절, 저는 시놉시스 쓰기가 가장 싫었습니다. 그런데 잘 생각해 보면 하기 싫은 일은 내가 못하기 때문인 경우가 많습니다. 저는 시놉시스를 못 쓰는 편이었고, 지금도 그렇게 잘 쓴다고 생각하지는 않습니다. 그래서 공모전에 응모할 때 시놉시스를 쓰라고 하면 막막했었지요.

신춘문예에는 단편 소설만 제출하면 되는데, 장르 소설 공모전은 시놉시스를 요구하는 경우가 종종 있습니다. 장르 소설에서는 서사가 굉장히 중요하기 때문입니다. 장르 소설이 추구하는 목적은 뭐니 뭐니 해도 '재미'니까요.(물론 여기서 말하는 재미는 우리가 '재미있다'라고 말할 때 가장 먼저 떠오르는 일차원적인 재미만을 의미하는 것은 아닙니다. 장르 소설에서 재미의 스펙트럼은 굉장히 넓습니다.) 공모 작품이 재미있는지 없는지를 빨리 알아내기 위해 공모전 담당자들은 시놉시스를 요구합니다. 그래서 시놉시스 양식에 '반드시' 결말까지 다 쓰라고 하는 것입니다.

그러나 시놉시스를 잘 쓰기는 만만한 일이 아닙니다.

제가 난생처음 공모전에 도전하겠다고 시놉시스를 썼을 때 있었던 일입니다. 공모전 마감 날, 마음이 급해서 지인에게 읽어달라고 부탁을 했습니다. 그랬더니 그 친구가 "사람 이름만 나오는데 이게 뭐야?"라고 하는 거예요.

그 말을 듣고 다시 읽어 보니 "진우(주인공 이름)는 ~한다. 진우는 ~한다. 진우는 ~한다." 이런 문장만 쭉 이어져 있었습니다. 부랴부랴 고쳐 쓰긴 했지만 그 공모전은 떨어졌습니다. 여러분은 이런 초보적인 실수는 하지 않길 바랍니다.

시놉시스는 공모전에만 필요한 것은 아닙니다. 여러분이 데뷔를 하고 원고 청탁을 받을 때도 필요합니다. 완성된 원고 없이 계약할 때는 시놉시스를 요구하는 경우가 많습니다. 시놉시스를 검토한 후에 피드백을 주기도 합니다. 출판사에서 원하는 방향으로 수정 요청을 할 때도 있지요.

그럼 당선 확률을 높이기 위해서는 시놉시스를 어떻게 써야 할까요?

간결하고 알기 쉽게 쓰는 것이 중요합니다. 말하기는 쉽지만 어려운 일입니다. 지금부터 시놉시스에 들어갈 요소들에 대해 차근차근 알아봅시다.

제목

작품에는 제목이 있어야 합니다. 미술품이라면 그냥 보고 느끼라는 의미에서 무제라고 한다든가, 일련번호만 붙이는 일도 종종 있지만 소설에는 반드시 제목이 있어야 합니다.

소설에서 제목은 작품의 '눈'이라고 할 수 있습니다. 몸이 1,000냥이면 눈이 900냥이라고 하듯, 소설이 1,000냥이면 제목이 900냥입니다. 제목은 글을 쓰기 전에 먼저 정할 수도 있고, 글을 쓰면서 문득 떠오를 수도 있고, 글을 다 쓰고 나서 정할 수도 있습니다. 글을 쓰기 전에 생각했던 제목이 글을 완성하고 나서 바뀔 수도 있습니다. 그래서 우리는 '가제假題', 임시로 붙인 제목이라는 말을 많이 씁니다.

그렇다면 좋은 제목은 무엇일까요?

첫째, 입에 착 달라붙는 제목입니다. 한낙원 과학소설상 수상작들의 제목을 살펴봅시다.

안녕, 베타, 하늘은 무섭지 않아, 세 개의 시간, 마지막 히치하이커, 푸른 머리카락, 고조를 찾아서, 항체의 딜레마.

이 제목들을 소리 내어 읽어봅시다. 막히거나 걸리는 느낌 없이, 입안에 달콤한 사탕이 구르듯 매끄럽게 흘러가지요.

둘째, 호기심을 불러일으키는 제목입니다.

눈먼 암살자, 도롱뇽과의 전쟁, 안드로이드는 전기양의 꿈을 꾸는가, 어둠의 왼손… 이런 제목들은 사람들의 궁금증을 자극합니다. 여러분의 책이 대형 서점의 매대에 올라갔다고 상상해 봅시다. 평범한 제목으로는 사람들의 호기심을 끌기 어렵습니다. 온라인 서점에서도 마찬가지입니다.

특히 명사 한 단어로 된 제목을 지을 때는 신중해야 합니다. 카프카식의 제목 — 변신, 꿈, 소송, 성 — 은 카프카 시대에는 괜찮았을지 몰라도 지금은 그다지 먹히는 제목이 아닙니다. 게다가 보통 명사로 제목을 짓는다면 온라인 서점을 이용하는 독자들은 난감합니다. 작가 이름을 아는 경우를 제외하고는 그 단어를 포함한 검색 결과가 전부 나오기 때문에 스크롤을 내리다 지쳐버릴지도 모릅니다.

셋째, 기억하기 쉬워야 합니다.

기억하기 쉬우려면 간결하고 직관적인 제목이 좋습니다. 더 로드, 동물농장, 1984, 시녀 이야기. 하지만 꼭 간결해야만 기억하기 쉬운 건 아닙니다. 더 정확히 말하자면 간결해야만 기억에 남는 건 아닙니다. 뻐꾸기 둥지 위로 날아간 새, 노인을 위한 나라는 없다, 누구를 위하여 종은 울리나. 이 제목들은 간결하지는 않지만 기억에 남습니다. 그만큼 강렬하고 참신한 제목이기 때문입니다.

기획 의도

기획 의도는 소설을 쓰게 된 동기를 밝히는 것입니다. 시나리오나 드라마 대본에는 기본적으로 기획 의도가 포함되지만, 소설에서 기획 의도를 쓰는 것은 상대적으로 드문 일입니다. 그래도 기획 의도를 요구하는 공모전이 있고, 공모전이 아니더라도 작가가 기획 의도를 갖고 작품을 쓰면 글이 중심을 잃을 염려가 줄어듭니다.

그런데 기획 의도라는 게 그냥 멋진 말, 좋은 말 대잔치가 되어서는 안 됩니다. 본인이 어떤 생각으로 글을 쓰게 되었는지 명확히 전달하는 것이 어렵다면 그 글은 주제도 희미할 가능성이 큽니다. 주제라는 것은 작가가 글을 통해서 '하고 싶은 말'이니까요.

때로 기획 의도는 작가의 말을 대신하기도 합니다. 작가의 말 혹은 소감이 된 기획 의도 몇 가지를 예시로 살펴보겠습니다.

「국립존엄보장센터」는 저출산 고령화 문제로 정부 기관이 노인을 관리하는 가까운 미래를 배경으로 하고 있습니다. 국립존엄보장센터는 생존세를 체납한 저

소득층 노인이 고통 없이 존엄한 죽음을 맞을 수 있도록 도와주는 곳입니다.
센터에서 보낸 최종 경고장을 받은 할머니는 자발적으로 센터에 들어갑니다. 그리고 그곳에서 국립존엄보장센터에는 존엄이 없다는 역설적인 깨달음을 얻습니다.
불안, 슬픔, 허무함 속에서 할머니의 선택은 스스로 죽음을 앞당기는 것입니다. 그들의 뜻대로는 하지 않겠다는, 최소한의 저항인 셈입니다.
당신은 그녀의 선택을 어떻게 생각하십니까.
—「국립존엄보장센터」[3]

「로이 서비스」는 좋은 이별은 무엇일까에 대한 고민에서 나온 이야기입니다. 죽음은, 사랑하는 사람과의 영원한 이별입니다. 그 사람의 얼굴을 다시는 볼 수 없고, 그 사람의 냄새를 다시는 맡을 수 없고, 그 사람의 목소리를 다시는 들을 수 없고, 그 사람의 체온을 다시는 느낄 수 없기에 더욱 슬픈 일이지요. 상실의 슬픔 앞에서 우리는 더 성숙한 사람이 될 수도 있고, 베인 마음을 다시 채우지 못한 채 살아가는 사람이 될 수도 있습니다. 언젠가는 누군가와 이별해야 할 여러분께, 저는 이렇게 묻고 싶습니다. "로이 서비스를 신청하시겠습니까?"

—「로이 서비스」[4]

로그 라인

로그 라인은 이야기의 핵심을 말해주는 한 문장입니다. "당신 소설에서 하고자 하는 얘기를 한마디로 한다면?"이라는 질문의 대답이라고 할 수 있습니다.

보통 영화의 소개 글에는 로그 라인이 들어갑니다. 로그 라인은 기획 의도보다 더 함축적으로 이야기를 보여주는 동시에 사람을 빨려 들게 하는 훅hook이 있어야 합니다. 훅은 갈고리, 후크 선장의 훅입니다. 보이지 않는, 그러나 튼튼한

3 남유하, 「국립존엄보장센터」, 『여성작가 SF 단편모음집』, 온우주, 2018, 189쪽.

4 남유하, 「로이 서비스」, 『푸른 머리카락』, 사계절, 2019, 73쪽.

갈고리로 독자를 끌고 들어갈 수 있어야 합니다. 그야말로 훅! 하고 끌려 들어갈 수 있도록.

등장인물

시놉시스에는 나이, 성별, 직업 등 등장인물에 대한 간략한 소개가 들어가기도 합니다. 등장인물 소개를 어떻게 쓸지 참고하려면 현재 방영 중인 드라마 홈페이지에 가봅시다. 그런데 미니시리즈나 주말 연속극의 등장인물 소개는 자세한 편이라, 간단한 등장인물 소개를 원한다면 뒤에 예시로 든「미래의 여자」정도로만 해줘도 큰 무리는 없을 것입니다. 이는 어디까지나 시놉시스상의 등장인물 소개에 한정된 예로, 등장인물(캐릭터)을 구축할 때의 인물 이력서 작성에 대해서는 뒤에서 좀 더 자세히 다루도록 하겠습니다.

줄거리

줄거리는 시놉시스의 핵심입니다. 시놉시스에는 앞서 언급한 요소를 제외하고 제목과 줄거리만 쓰는 경우도 많습니다. 줄거리를 쓸 때는 반드시 지켜야 할 주의 사항 몇 가지가 있습니다.

첫째, 문장은 현재형으로 써야 합니다. '했다'가 아니라 '하다' 혹은 '한다'로 씁니다.

둘째, 대사는 특별한 경우가 아니면 포함하지 않습니다. 하지만 '이 대사는 정말 명대사야! 이 대사를 넣으면 줄거리가 돋보일 거야!'라고 생각된다면 한두 문장쯤은 넣어줘도 됩니다.

셋째, 기승전결이 포함되어야 합니다. 영화 소개 글은 대개 "주인공은 자신의 꿈을 이룰 수 있을까?"라는 질문형이나 "주인공은 어려움에 부닥치게 되는데…"라는 식으로 궁금증을 유발하며 끝을 맺습니다. 그러나 시놉시스의 줄거리에는 반드시 결말이 포함되어야 합니다.

마지막으로 가장 중요한 것은 무슨 소리인지 알아들을 수 있어야 한다는 것입니다. 가독성이 좋아야 한다는 말입니다. 당연한 소리를 하고 있다고 생각할지 모르지만 초보 작가들은 의외로 지키지 못하는 경우가 많습니다. 열심히 줄거리를 작성하고 보니 주인공의 이름만 나열된 식이라든가, 앞부분은 소설의 도입부처럼 자세히 묘사해 놓고 정작 중요한 사건에 대해서는 "우여곡절을 겪는다."라고 한 문장으로 써놓는 실수를 나도 모르게 저지르고 있는 건 아닌지 항상 경계해야 합니다.

줄거리를 쓰는 일은 결코 쉬운 일이 아닙니다. 그래서 어떤 이들은 소설을 쓴 다음 역으로 줄거리를 뽑아내기도 합니다. 그게 나쁘다는 건 아닙니다. 저도 그런 적이 있고, 지금도 그렇게 할 때가 있습니다. (줄거리를 제출해야 하는 경우가 아니더라도 역으로 작성한 다음 읽어보면 이야기의 '구멍'을 찾을 수 있습니다.) 가장 중요한 건 역으로 줄거리를 만들든, 먼저 줄거리를 작성하든 읽는 사람에게 전달이 잘 되어야 한다는 것입니다.

미래의 여자

로그 라인

윤의 두 번째 아내는 미래에서 온 여자였다.

기획 의도

시간 여행과 타임 패러독스라는 소재를 통해 뫼비우스의 띠처럼 이어진 운명의 고리를 흥미진진하게 풀어내고 싶었다. 또한 '미래의 여자'라는 소설 형식의 액자 속 이야기는 한 남자의 지고지순한 사랑 이야기로 애틋한 로맨스를 담고 있다.

등장인물

나(남, 30세, 작가) 유명 작가인 아버지에 대한 열등감을 갖고 있다. 자기중심적. 아내가 의사라는 점 때문에 계획적으로 접근해 결혼했다.

아내(여, 30세, 산부인과 의사) 공부만 하느라 순진한 면이 있다. 자신을 이용하는 남편이지만 믿고 사랑한다.

차윤성(남, 70세, 작가) 비밀을 간직한 듯한 노작가. 산속에서 아내와 은둔하며 지내고 있다.

박수진(여, 50세, 주부) 차윤성의 아내. 빼어난 외모의 소유자. 가족에게 헌신적이다.

(소설 속 인물)

윤(남, 40세, 작가) 첫 번째 아내를 사고로 잃었다. 타임 패러독스를 이용해 자살하려 하지만 수를 만나 애틋한 감정을 느끼고 삶의 욕망을 되찾는다.

수(여, 20세, 학생) 부모님의 기일에 시간 여행자인 윤을 만나 이야기를 나눈다. 남자 친구의 아이를 임신하지만 남자 친구 아버지의 반대에 부딪히고 강제 낙태 위기에 처한다. 윤에게 자신을 과거로 데려가 달라고 부탁한다.

동훈(남, 35세, 시간의 터널사 대표) 신생 시간 여행사를 운영한다. 괴짜 발명가이기도 하다. 가브리엘이라는 고양이를 키우며 윤을 도와준다.

그 외 제리, 불량배, 승무원 등

줄거리

1

나는 만삭의 아내와 함께 외딴 시골에 있는 부모님 댁에 간다. 어머니의 50번째 생일이기 때문이다. 가사 도우미 로봇이 가져온 생일 케이크의 촛불을 끄고 소원을 비는 잠깐의 순간, 어머니가 사라졌다. 아니, 연기처럼 증발했다. 아버지는 낮게 흐느끼며 '네 엄마는 오늘 새로 태어났으니 엄마를 찾을 생각은 하지 말라'는 수수께끼 같은 말을 한다.

어머니의 실종 후 얼마 지나지 않아 아버지가 사망했다. 소설가인 아버지의 유품을 정리하던 나는 서랍에서 「미래의 여자」라는 원고를 발견한다. 원고 첫 페이지에는 "이 소설은 나의 인생, 단 한 명의 독자는 나의 아들일 것이다."라는 문장이 쓰여 있다. 나는 황급히 첫 장을 넘긴다.

2

윤의 두 번째 아내는, 미래에서 온 여자였다. 소설가인 윤은 마흔 살에 교통사고로 첫 번째 아내를 잃었다. 차가 충돌하기 직전 자신에게 유리한 방향으로 핸들을 틀었던 윤은 죄책감에 시달려 자살 시도를 하지만 매번 실패한다. 실의에 빠진 나날을 보내던 윤은 뉴스를 보다 시간 여행자가 타임 패러독스를 일으켜 사망했다는 보도를 접한다. 사망한 여행자는 자신이 존재하고 있는 시대로 여행했기 때문에 사라지게 된 것이다.

'한 우주에 동일한 사람이 존재할 수 없다.'

윤은 타임 패러독스를 이용한 자살을 계획하고, 시간 여행을 떠나 허점을 찾아보기로 한다.

이후에는 줄거리와 반전이 있는 결말이 드러나므로 이만 줄이겠습니다. 하지만 여러분은 꼭 결말까지 써야 합니다. 절대 잊지 마시길!

2장 세계관과 캐릭터

SF의 M.I.C.E

M.I.C.E[1]를 설명하기 전에 소설 구성의 3요소를 생각해 봅시다. 인물, 사건, 배경. SF에서는 소설 구성의 3요소에 하나가 더해집니다. 바로 Idea(착상, 소재)입니다.

그러므로 M.I.C.E는,

M — Milieu, 세계관 즉 배경

I — Idea, 착상, 소재

C — Character, 인물

E — Event, 사건

입니다.

모든 이야기에는 이 네 가지 요소가 존재합니다. 그리고 보통 그중 하나가 다른 것들을 지배합니다. 네 가지 요소 중 가장 중요한 건 무엇일까요?

1 M.I.C.E는 올슨 스콧 카드의 작법서 『당신도 해리 포터를 쓸 수 있다(How to Write Science Fiction & Fantasy)』에 나오는 개념입니다.

SF가 아니라면, 저는 인물이 가장 중요하다고 말하고 싶습니다. 참신한 소재도 중요하고 사건도 중요하지만 인물의 형상화가 이뤄지지 않는다면 소설이 진짜같이 느껴지기 어렵습니다. 그런데 SF에서는 조금 다릅니다. 인물보다 설정이 더 중요할 때가 있어요. 누군가는 SF를 '세계관 전쟁'이라고 말하기도 합니다. 세계관도 살아있고 인물도 톡톡 튀는 소설을 쓴다면 더할 나위 없겠지요. 하지만 SF에서는 설정이 돋보이도록 인물의 개성을 일부러 죽이기도 합니다. 특히 단편에서 그렇습니다. 짧은 글 속에서 여러 요소가 자기주장을 강하게 한다면 곤란합니다. 소설을 읽으면서 노란 꽃무늬 티셔츠에 빨간 줄무늬 바지를 입은 패션 테러리스트를 보는 듯한 피로감을 느낄 수도 있으니까요.

01

세계관 구축하기

존재하지 않는 세계를 그려내야 하는 운명

현실 세계에서 일어난 일을 다루는 리얼리즘 소설은 세계관을 만들 필요가 없습니다. 서울이든 뉴욕이든 베이징이든 우리가 사는 현재를 배경으로 쓰면 됩니다. 그러나 SF에서는 세계관을 만드는 일이 엄청나게 중요합니다. SF는 가상의 세계를 이야기하는 소설이기 때문입니다. SF 작가는 눈에 보이지 않는, 내 머릿속에만 있는 세계를 그려내야 하는 운명을 타고난 것이지요. 그렇다면 존재하지 않는 세계를 어떻게 표현해야 할까요?

첫째, '나는 신이다.'라는 생각으로 천지창조를 합시다.

한 세계를 만드는 신이라면 나뭇잎이나 풀벌레 하나라도 대충 만들 수는 없을 것입니다. 레고 블록으로 나만의 성을 쌓아나가듯, 3D 프린터로 뽑아내듯 정교하게 세상을 설계해 봅시다. 평상시에는 무던한 성격이라도 세계관을 그릴 때만은 내가 이렇게까지 해야 하나, 한숨이 절로 나올 정도로 꼼꼼해져야 합니다. 설계할 때 조금이라도 어긋나는 면이 있다면 결과물도 허술할 테니까요.

둘째, '나는 이세계異世界로 추방된 이방인'이라고 생각해 봅시다.

지구에서 냉동되어 캡슐 우주선에 실린 다음 이름 모를 행성에 던져진 상태라면? 내가 할 일은 무엇일까? 낯선 행성을 두려움 가득한 마음으로 '탐험'해야 할 것입니다. 때로 이 방법은 신이 되는 것보다 효율적일 수 있습니다. '신이 된 작가'는 세계에 대해 너무나 잘 알고 있으므로 독자에게 설명해야 할 부분을 놓칠 위험이 있거든요. SF는 실제 세계와 다르므로 작가가 다른 부분을 알려주지 않으면 독자들은 알 방법이 없습니다. 이방인이 되면 이와 같은 오류에서 벗어날 수 있습니다. 새로운 세계를 알아나가는 당사자가 되었으므로 끊임없이 관찰하고 기록해야 합니다.

가장 좋은 방법은 신의 마음으로 세계를 만들고, 이방인의 마음으로 글을 써 나가는 것이겠지요. 하지만 작가의 성향에 따라 혹은 작품에 따라 어떤 방법으로 세계를 그려나가도 좋습니다. 한 가지 사실만 잊지 않으면 됩니다. 내가 만든 세계가 그럴듯하게, 실제처럼 보여야 한다는 것.

설명할 것인가, 보여줄 것인가

눈치 빠른 사람이라면 제목만 보고 무슨 말인지 알아차렸을 것입니다. 햄릿이 소설가였다면 비장한 말투로 "서술이냐 묘사냐, 그것이 문제로다."라고 말했겠지요. 소설 작법서에서는 "설명하지 말고 보여줘라."라는 말을 많이 합니다. 독자는 소설에서 무슨 사건이 벌어졌는지 듣고 싶은 게 아니라 구체적인 상황을 생생하게 보는 편을 즐깁니다. 설명하는 것보다 주인공들의 행동과 사건을 보여 주는 편이 더 몰입감과 흡인력을 주는 것입니다.

그러나 SF에서는 이 말이 무조건 옳다고 할 수는 없습니다. 특히 세계관과 관련된 부분에서는 더욱 그렇습니다.

SF는 작가가 창조한 낯선 세계를 보여 주기 위해 어느 정도의 설명, 즉 서술이 필요합니다. 그리고 SF 독자들은 이런 설명을 읽는 행위를 즐기거나, 즐기지는 않더라도 기꺼이 읽을 준비가 되어 있는 사람들입니다. 다만 설명의 앞뒤가 맞는다는 전제가 충족되어야 합니다. 하지만 과유불급. 지나침은 모자람만 못하지요. 글을 쓰다 보면 나도 모르게 A4 두 장을 꽉 채워 세계관을 설명할 때가 있습니다. 내가 세계관을 정성껏 만들었는데, 이걸 얘기 안 해주면 모를 것 같기도 하고 잘 만든 세계관을 자랑도 하고 싶어 안달이 나는 것입니다. 정 쓰고 싶다면 이렇게 긴 설명은 초안에서만 씁시다. 소설 속에서는 절대로 강연하듯 설명해 주면 안 됩니다. 우리가 할 일은 꼼꼼하게 만든 세상을 이야기 속에 녹여내는 것입니다.

가장 바람직한 방법은 독자들이 우리가 만든 세계에 자연스럽게 빨려 들어오게 하는 것입니다. 사람들이 작가의 세계관 속으로 의식하지 못하는 사이에 스며들어 오는가, 이것이 잘 쓴 SF와 그렇지 못한 SF를 가르는 기준입니다.

켄 리우의 「종이 동물원」을 예로 들어보겠습니다. 「종이

동물원」 속에서는 주인공의 엄마가 접은 종이 동물들이 살아 움직입니다. 주인공은 종이 호랑이 라오후와 가장 친한데, 라오후가 으르랑, 하고 귀엽게 우는 순간 독자인 저는 이미 그 세계 속에 빨려 들어가 있었습니다. 분명 현실에서 불가능한 일인데 제 눈앞에서 종이 동물들이 살아 움직이는 듯한 느낌이 드는 것입니다. 잘 쓴 SF입니다. 이 소설이 실린 단편집 『종이 동물원』은 2017년 로커스상 최우수 선집상을 수상했습니다.

반면 잘 쓰지 못한 SF는 억지를 씁니다. 바짓가랑이를 잡고 매달려 "내 말 좀 믿어줘."라고 하소연하는 느낌입니다.작가 지망생들이 저지르기 쉬운 실수지요. 사실 기성 작가들도 초안에서는 종종 실수를 저지릅니다. 다만 셀 수 없는 수정을 통해 완성도를 높여가는 것입니다. 과학자가 나와서 줄줄 설명해 주는 것도 나쁜 방법입니다. 옛날 SF 소설에는 말이 많은 괴짜 과학자들이 당당하게 등장하기도 했지만, 요즘 이런 식으로 했다간 독자들이 허연 눈으로 흘겨보다가 책을 덮어버릴 것입니다. 대화로 설명하려면 그냥 서술하는 편이 낫습니다.

어떻게 하면 사람들을 훅 빨려 들게 만드는 소설을 쓸 수 있을까요?

열심히 구상하다가 어느 순간 그 세계 안에 내가 들어가 있다면 절반은 성공했다고 봐도 좋습니다. 앞서 언급한 아이디어를 숙성하는 작업과도 연결되어 있습니다. 내가 분명히 노트북 앞에 앉아 있는데, 혹은 산책로를 걷고 있는데 유체 이탈을 한 것처럼 내가 만든 세상에 들어가 있다면 독자들도 그렇게 느낄 확률이 높습니다. 작가가 신이 나서 쓰면 독자도 신이 나서 읽습니다. 그런데 작가가 힘들어하면서 쓰면 독자도 같이 힘이 듭니다. 제가 합평을 하면서 깨우친 사실입니다. 힘든 글은 같이 공부하는 사람들이나 끝까지 읽어주지, 일반 독자라면 중간에 떨어져 나갈 것입니다.

여기서 오해하지 말아야 할 것이 있습니다. '신이 나서 쓴다'라는 것은, 피아노 신동이 피아노를 치는 것처럼 신들린 듯 키보드를 두드려대라는 의미가 아닙니다. 쉽게 쓰라는 의미도 아닙니다. 여기서 말한 '힘들어하면서 쓴 글'의 의미는 작가 자신이 보기에도 억지스럽거나, 어울리지 않는 이야기를 꾸역꾸역 이어 붙인다는 뜻입니다. 퀼트를 생각해 봅시다. 여러 가지 천을 이어 붙이는 작업이지만 그 안에는 오묘한 조화와 패턴이 있습니다. 마구잡이로 이어 붙이면 퀼트가 아닌 누더기가 되어버립니다. 혹시 독자가 모르고 넘어가 주지 않을까,라는 기대는 일찌감치 접어야 합니다. 독자는 언제나 작가보다 똑똑하니까요.

글쓰기는 외롭고 고된 과정입니다. 글을 쓰는 일은 언제나 힘이 들지요. 그런데도 작가들은 글쓰기를 포기하지 않습니다. 마치 글에 중독된 사람들처럼 힘든 작업을 이어 나갑니다. 도대체 왜 그럴까요? 피와 땀을 녹여 완성한 작품은 우리에게 커다란 즐거움과 만족감을 안겨주기 때문입니다. 글쓰기의 행복은 글을 쓰는 것 말고는 얻을 방법이 없기도 하고요.

나는 어떻게 세계관을 만들었나

「국립존엄보장센터」

「국립존엄보장센터」의 아이디어는 세금에서 시작했습니다. 2015년, 혼자 사는 사람에게 세금을 부과한다는 소위 '싱글세'에 대한 논란이 일던 시기였습니다. 그때 저는 소설 습작을 막 시작한 상태로 회사에 다니면서 저녁에 소설 수업을 들었습니다. 소설이라는 세계에 발을 들인 사람들을 대상으로 한 수업으로, 매주 주제를 받아 A4 세 장 정도의 엽편 소설을 써서 제출해야 했습니다. 그 주의 숙제는 새로운 형식의 소설을 써오는 것이었고, 저는 생존세에 대한 이야기를 써갔습니다. 생존세에 관해 토론회 프로그램에서 하는 이야기를 대화 형식으로 풀어냈어요. 처음에는 보고서 형식으로 쓰려고 했는데 소설이 아니라 진짜 보고서처럼 되어버려서 급히 대화 형식으로 선회했던 기억이 납니다.

제가 쓴 소설 속 TV 토론의 주제는 '저출생 고령화 시대, 70세 이상의 노인들을 대상으로 생존세를 부과해야 하나?' 였습니다. 굳이 따지자면 국립존엄보장센터가 생기기 전의 프리퀄이 되겠지요. 그렇게 짧은 엽편을 제출하고 나서 언젠가 제대로 된 소설로 써야겠다는 생각을 품었습니다. 그리고 반쯤은 잊어버리고 있었습니다.

그런데 서랍 깊숙한 곳에 넣어 두었던 「국립존엄보장센터」를 어떻게 구체화하게 되었을까요? 여기에는 아주 슬픈 개인사가 있습니다. 바닷가에서 모닥불을 피워놓고 맥주를 마시면서 해야 할 것 같은 이야기지만 간단히 말해보겠습니다.

저는 2016년 1월, 전업 작가를 꿈꾸며 회사를 그만두었습니다. 그러나 인생은 언제나 그렇듯 내 뜻대로 풀리지 않았습니다. 오히려 내 뜻과 반대되는 곳으로 곤두박질쳤지요. 이런저런 공모전에 응모했지만 본심까지 가서 떨어지는 일이 몇 번이고 반복됐습니다. 그뿐이 아니었어요. 웹 소설 플랫폼에서 나름 인기를 끌던 로맨스 소설을 출간하기로 계약한 출판사가 망했습니다. 정말, 망했어요. 출판사가 망했다는 말을 들은 날, 저는 밖에 있었는데 때마침 비가 내렸습니다. 이렇게 완벽하게 절망적일 수가! 남들이 회사를 그만두지 말라고 말렸을 때 들어야 했나, 후회가 밀려왔습니다.

그렇게 우산도 없이, 비를 맞으며, 눈물을 흘리며 20세기 삼류 드라마의 주인공처럼 하염없이 걸었습니다. 걷다가 문득 노후 대책도 없는데 이대로 늙으면 어떻게 살아야 하나, 그런 생각이 들었지요. 그 막막함이란 말로 표현할 수 없었습니다. 그 순간 「국립존엄보장센터」의 주인공인 '나'의 모습이 떠올랐습니다. 그리고 센터의 모습이 그려졌습니다. 바깥에서 본 건물 모습, 주차장과 조경수의 모습, 안으로 들어갔을 때 각 층의 모습, 그곳에서 일하는 사람들의 유니폼… 그런 외형적인 세계를 상상하면서 한편으로는 생존세라는 아이디어에 살을 붙여나갔습니다. 생존세가 사회에서 어떻게 작동하고 있는지, 어떤 논란이 있는지 등등. 앞서 구상을 해나가는 과정을 반죽 부풀리기에 비교했습니다. 소설을 잘 쓰기 위해서는 아이디어를 마구마구 살찌워야 합니다. 그런데 이렇게 살찌운 다음에는 이를 악물고 다이어트를 해야 합니다. 쓸데없이 장황하게 묘사된 부분이나 군더더기 문장들을 걷어내야 하는 것입니다. 이런 것들은 단순히 보기 싫을 뿐 아니라 글 전체의 건강을 해치는, 셀룰라이트 같은 존재니까요.

「상실형」[2]

상실형은 사형 제도가 완전히 사라지고 살인, 방화, 강간 같은 중죄를 저지른 사람들에게 신체의 일부를 상실하게 하는 형벌이 주어지는 근미래의 이야기입니다.(원래 상실이라는 단어는 기억 상실, 의원직 상실 등 대상이 무형인 경우에 주로 쓰지만, 저는 의도적으로 상실형이라는 말을 썼습니다.) 주인공은 감방에서 정신을 차렸을 때 귀가 없다는 사실을 알게 됩니다. 귓바퀴뿐 아니라 청력까지 상실하게 되었지요. 이 이야기를 쓸 때 저는 주인공의 생각과 심리 묘사에 중

점을 뒀습니다. 그래서 초안을 쓸 때는 감방 안의 풍경만 묘사했습니다. 가로 2미터, 세로 3미터, 세면대, 변기, 침대가 있는 직사각형의 공간. 그런데 다 쓰고 나니 뭔가 부족한 느낌이 들었습니다. 감방 외의 공간을 묘사하지 않았기 때문입니다.

저는 그때부터 주인공이 되어 감방 안으로 들어갔습니다. 그러자 철창 밖의 세계가 보이기 시작했습니다. 복도의 생김새, 맞은편 감방에 갇혀 있는 죄수들의 모습, 형벌을 받으러 나갈 때 집행실의 분위기… 그런 것들을 묘사해 주니 소설의 분위기가 훨씬 그로테스크하고 선명하게 그려졌습니다.

강의를 하다 보면 배경을 묘사할 때 어디까지 하는 것이 좋을지 궁금해하는 수강생들이 많습니다. 이게 법칙이 있는 게 아니라 선을 긋듯이 정할 수는 없고, 우리 어머니와 할머니들이 양념할 때 적당히 해라, 하는 것처럼 '적당히'라고 말할 수밖에 없는데요. 그렇다고 낙심하지는 마세요. 요리도

2 남유하, 「상실형」, 『양꼬치의 기쁨』, 퍼플레인, 2021.

자꾸 하다 보면 '적당히'가 어느 정도인지 체득하듯 소설도 자꾸 쓰다 보면 적당한 범위를 알게 됩니다. 그러니까 여러분이 할 일은 망설이지 말고 쓰는 것입니다.

02

캐릭터 만들기

— SF의 주인공은 어떤 인물이어야 할까?

솔직히 말하자면 저는 인물, 캐릭터 만들기에 자신이 없습니다. 저는 소재나 설정이 떠오르면 다음에는 어떤 일이 일어날까, 사건부터 생각하는 편입니다. 그런 다음 사건에 맞는 인물을 데려다 놓지요. 여러분께는 권장하고 싶지 않은 방법입니다. 소재나 배경을 만들면 사건부터 생각하지 말고 되도록 인물부터 생각합시다. 사건부터 생각하게 되면 인물을 장기 말처럼 쓰게 될 우려가 있습니다. 하루키식으로 말하면 '땜질식 등장인물'이 되는 것입니다. 사람도 필요할 때만 친한 척하고 이용하면 소시오패스라고 하듯, 자신의 캐릭터를 기능적으로 이용하면 안 됩니다. 캐릭터도 사람입니다. 비록 소설 속 인물이긴 하지만요.

많은 작가가 주인공을 만들 때는 고민을 많이 합니다. 그러나 조연을 쓸 때는 이런 실수를 저지르기 쉽습니다. 내가 이 인물을 기능적으로, 즉 사건을 진행하는 데 필요해서 혹은 정보를 전달하기 위해 여기에 데려다 놓지 않았나 항상 주의를 기울여야 합니다.

캐릭터를 만드는 꼼수

첫째, 자신의 캐릭터에 가까운 연예인을 가상 캐스팅합시다.

모 드라마 작가는 대본을 쓰기 시작하면 실제 캐스팅과 관계없이 자기 마음대로 연예인을 캐스팅한 다음, 드라마 소개에 나오는 것처럼 등장인물 관계도를 벽에 붙여놓는다고 합니다. 연예인 얼굴 사진도 오려서 붙여놓고, 친구들에게 하는 것처럼 인사를 나누는 것입니다. 아침에 일어나면 "서준아, 잘 잤니? 오늘도 좋은 하루 보내."라며 손을 흔들고, 밤에 자기 전에도 "서준아, 잘 자, 좋은 꿈 꿔."라고 한답니다. (생각만 해도 오그라드는 측면이 있지만) 이런 식으로 반복하면 캐릭터와 친해지고, 어느 순간 캐릭터들이 생명을 갖고 움직인다고 합니다. 여러분도 사진을 오려 붙이지는 않더라도 자신의 캐릭터에 가까운 연예인을 가상 캐스팅하면 인물의 말투나 행동을 묘사하는 데 도움이 될 것입니다. 가상 캐스팅의 가장 좋은 점은 인기 절정의 톱스타를 데려와도 비용이 제로라는 점!

둘째, 인물의 이력서를 씁시다.

인물 이력서의 중요성은 다른 작법서에서도 종종 언급됩니다. 『소설쓰기의 모든 것 3: 인물, 감정, 시점』에서 낸시 크래스는 '미니 전기'라고도 했지요. 취업할 때 이력서와 자기소개서를 쓰듯 등장인물의 이력서를 작성해 봅시다. 이름, 나이, 성별, 직업, 가족 관계, 좋아하는 옷차림, 머리카락 색깔, 눈동자의 색 등 외면적인 것부터 성격, 욕망, 결핍 등 내면적인 것까지 자기 나름의 목록을 만들어 정리해 보는 것이 좋습니다.

다른 인물은 몰라도 주인공에 대해서만큼은 인물 이력서를 꼭 써보길 권장합니다. 내가 만들려는 등장인물과 소개팅을 한다고 생각하고 질문을 던져봅시다. 다음 순간에는 상대방(등장인물)이 되어 질문에 성실히 답을 해야겠지만요.

셋째, 성격 유형 테스트를 활용합시다

혈액형, MBTI, 에니어그램, 별자리… 우리는 다양한 성격 유형 테스트를 쉽게 접할 수 있습니다. 이런 테스트들이 과학적이냐 아니냐의 문제는 중요하지 않습니다. 자신에게 잘 맞는 성격 유형 분류를 찾아 캐릭터에 활용하면 캐릭터 붕괴, 소위 '캐붕'을 막는 데 효과가 있습니다. 특히 장편 소설을 쓸 때 도움이 됩니다. 예를 들어 주인공의 직업이 작가고, MBTI 성격 유형은 INTP라고 합시다. 논리적인 사색가, 비판적이고, 생각이 지나치게 많고, 솔직하고, 직설적이고, 타인에게 공감하는 능력이 부족하고, 방을 잘 안 치우고….
이런 특징을 잡아서 이차원적인 캐릭터를 삼차원 입체 인간으로 만들어 봅시다.

캐릭터의 이름

인물의 이름을 어떻게 지을 것인가, 번거롭지만 중요한 문제입니다. 아이가 있는 분들은 이름 짓기가 간단하지 않은 문제라는 걸 잘 알고 있을 것입니다. 제 지인 중에는 아이 이름을 결정하지 못해 출생 신고를 늦게 한 경우도 있습니다. 캐릭터의 이름도 함부로 지을 수는 없습니다.

소설을 쓴다는 일 자체가 한 사람의 각개 전투라고 할 수 있듯, 작품 속 등장인물의 이름 짓는 방법도 작가에 따라 다릅니다.(작품에 따라서도 다릅니다.) P, J처럼 이니셜로 처리하기도 하고, 흔한 이름을 붙이기도 하고, 작품마다 같은 이름을 가진 주인공이 등장하기도 합니다. 어찌 됐든 캐릭터의 이름은 기억하기 쉽고 부르기 쉬워야겠지요.

예전에는 SF에서 한국 이름을 쓰는 것이 어색하던 시절이 있었습니다. 영미권 중심의 SF에 익숙했기 때문이겠지만, 지금은 한국 이름을 쓰는 것이 전혀 어색하지 않습니다. 그런데 주인공이 외계에서 왔을 때는 어떻게 하는 것이 좋을까요?

주인공이 지구 밖 행성에서 왔다면 한국 이름을 쓰는 걸 고민해 봅시다. 몇천억 분의 일의 확률로 그 행성에서 우리와 같은 이름을 쓸 수도 있겠지만 아무래도 독자들이 자연스럽게 받아들여 줄 것 같지는 않지요. 그렇다면 외계 행성인의 원래 이름은 우리가 듣기에 '타라켄토루파커스'처럼 들리지만 부르기 편하게 '타라'라고 부르자고 하면 어떨까요? 별명을 지어줘도 좋을 것입니다. 언제나 기준은 내 거짓말이 독자들에게 그럴듯하게 들리는가에 있습니다.

때로 작가들은 자신의 등장인물에게 상징적인 이름을 지어주기도 합니다. 마거릿 애트우드의 『그레이스』의 주인공 그레이스Grace처럼 이름이 아이러니를 극대화하는 효과를 가져올 수도 있습니다. 드라마 작가들은 직설적인 이름으로 인물의 성격을 보여주기도 합니다. 나잘난, 허풍선, 한복수 같은 이름들이 그렇습니다. 등장인물의 작명은 작가의 선택이므로 좋다 나쁘다 말할 수는 없습니다. 다만 너무 튀는 이름은 — 코미디 장르가 아니라면 — 독자의 몰입을 방해하기도 합니다. 등장인물의 이름이 하나같이 세련되고 화려한 경우에도 문장 속에서 볼드체를 입힌 듯 눈에 걸리는 경우가 있습니다. 시대적 배경이 있다면 그에 맞는 이름인지도 따져 봐야 합니다.

마지막으로 등장인물들의 이름을 서로 비슷하게 짓지 말라고 당부하고 싶습니다. 주요 인물 세 명의 이름이 민우, 민수, 민주라면 읽는 사람이 헷갈릴 수밖에 없겠지요. 형제

자매라서 꼭 돌림자를 써야겠다면 민호와 민수, 민호와 영호, 최소한 이 정도의 차이는 두는 편이 좋습니다.

인물의 목표

인물에게는 목표가 있어야 합니다. 다른 말로 욕망이라고도 하지요. 인물의 목표 설정이 중요한 이유는, 목표에 따라 사건이 만들어지기 때문입니다. 지구가 멸망하기 두 시간 전인데 주인공이 하고 싶은 게 아무것도 없다고 가정해 봅시다. 피곤한데 잘됐다, 잠이나 자다 죽어야겠다,라며 침대 속으로 들어가면? 나는 침대로 들어갔다. 잠이 들었다. 지구가 멸망했다. 끝. 보다시피 이야기가 진행될 수 없습니다. 그러므로 소설을 쓰려면 주인공은 지구가 멸망하기 전에 반드시 하고 싶은 일이 있어야 합니다. 이런 식으로요.

나는 이혼하고 나서 (어떤 사정으로) 2년 동안이나 딸을 만나지 못했다. 전남편은 꼴도 보기 싫지만, 지구가 멸망하기 전에 딸은 만나러 가야 한다. 그런데 그 딸이 대전에 있다. 나는 서울에 있는데.

두 시간 안에 가야 마지막으로 딸을 볼 수 있다는 시간 제약이 걸리면서 서스펜스가 생깁니다. 딸을 만날 수 있을까, 아니면 가다 죽을 것인가. 게다가 지구가 멸망한다니까 주인공처럼 생각하는 사람들이 많아서 차도 막히고, 여기저기 사고도 나고, 어쩔 줄 몰라 하다 길가에 버려진 자전거를 타고 달립니다. 그런데 평범한 회사원인 주인공이 갑자기 철인 3종 대회 선수처럼 달리면 안 되니까, 초반에 영화에서 보여주듯이 복선을 보여주어야 합니다. 벽에 걸린 사진 — 자전거 헬멧을 쓰고 트로피를 들고 있는 모습 — 등으로 미리 개연성의 다리를 놓아두어야 하지요. "이번 주말에는 오랜만에 옛날 기분을 되새기며 자전거나 타야겠다."라는 대사를 넣어도 좋습니다. 무엇이 됐든 이런 떡밥을 미리 뿌려놓아야 나중에 주인공이 자전거를 타고 딸을 만나러 갈 체력이 있어도 독자들이 수긍하게 됩니다. 나는 이런 구태의연한 방법은 싫다, 정면 승부하고 싶다. 그렇다면 진짜 저질 체력인데 초인적인 힘으로 달려가서 딸을 만나고 심장마비로 죽는다,라고 해도 됩니다. 사람들은 극한 상황에서 종종 한계를 넘어서는 일을 하게 되니까요.

아니, 나는 그것도 싫다. 나는 잠이나 자다가 죽는 욕망

없는 캐릭터를 그려야겠다. 이런 분도 있을 것입니다. 정 원한다면 그렇게 해도 됩니다. 대부분의 작법서에서는 주인공을 수동적인 캐릭터로 만들지 말라고 합니다. 주인공은 능동적이어야 한다고 끊임없이 말하지요. 주인공이 수동적이면 사이드 브레이크를 올려놓고 액셀을 밟는 것처럼 극의 진행 자체가 어렵기 때문입니다. 하지만 어디에나 예외는 있는 법. 사건을 만들어 주면 됩니다. 즉, 수동적인 주인공에게는 이 주인공을 각성시킬 만한 강력한 사건이 필요합니다. 우리의 주인공이 두 시간 동안 잠을 못 자도록 방해할 사건을 만들어야 한다는 뜻입니다.

집 밖에서 폭력 사태가 나서 돌멩이가 날아와 창이 깨지고 불이 나고 불꽃이 창문까지 넘실거리고 난리가 난다면? 옆집에 살던 사람이 문을 부수고 집에 들어온다면? 이때 들어오는 사람이 게임 덕후인가, 남편의 폭력에 시달리던 아주머니인가, 아니면 여섯 살짜리 꼬마인가에 따라 이야기의 방향은 달라집니다.

이렇듯 인물이 어떤 사람이냐, 무엇을 욕망하느냐, 어떤 사건이 벌어지느냐에 따라 같은 소재라도 완전히 다른 이야기가 만들어질 수 있습니다.

공감할 수 있는 주인공

주인공, 프로타고니스트protagonist.

책장이 술술 넘어가려면 독자들이 주인공에게 공감할 수 있어야 합니다. 물론 의도적으로 주인공에게 거리를 두는 작품도 있으나 여기서는 논외로 하겠습니다. 주인공에게 감정 이입이 되지 않는다면, 극단적으로 말해 망한 작품입니다. 공감할 수 있느냐 아니냐는 주인공이 선인이냐 악인이냐에 의해 판가름 나지는 않습니다. 영화를 보다가, 혹은 소설을 읽다가 분명 저놈은 나쁜 놈인데 어느새 은근히 응원하게 되는 경험(내가 왜 이러지? 난 착한 사람인데?)을 다들 해보았을 것입니다. 공감을 얻는 것, 감정 이입을 하는 것, 그것은 개연성과 밀접한 관련이 있습니다.

내가 이런 인물을 만들었으니 그냥 그러려니 하고 봐줘, 이런 식으로는 통하지 않습니다. 독자가 이해할 만한 개연성을 만들어줘야 합니다. 주인공이 공감받기 어려운 인물이라면 개를 구하게 하라는 말도 있지요. 내재된 착한 심성을 보여주어 독자가 이입할 여지를 만들어 주라는 것입니다. 영화 〈조커〉에서는 소시민의 삶을 살던 아서 플렉이 어떻게 조커로 변해가는지 그 과정을 그려내고 있습니다. 〈조커〉는 명백한 악당의 서사임에도 흥행에 성공했습니다. 조커가 배트맨의 숙적이기 때문이기도 하고 주연인 호아킨 피닉스가 연기를 잘한 측면도 있지만, 무엇보다 그가 악당이 되어가는 과정을 설득력 있게 풀어냈기 때문입니다. 아서는 영화 초반에 지하철 안에서 관객이 보기에도 인간쓰레기 같은 사람들을 죽입니다. 그 순간 속이 시원하기도 한 관객들은 내적 갈등에 빠지게 됩니다. 내가 왜 저렇게 잔인한 살인자를 응원하고 있을까. 관객들이 이런 생각을 한다면 창작자로서는 캐릭터 구축에 성공한 것입니다.

한 가지 주의할 점. 스토리 진행을 위해 남들은 다 아는 걸 주인공은 모르게 만들지 맙시다. 주인공이 작가보다 멍청해서는 안 됩니다. 내 주인공이 사건의 진행을 위해 일반 사람들이 하지 않을 법한 행동을 한다? 독자들이 떨어져 나가는 지름길입니다.

매력적인 악역

악역, 적대자, 안타고니스트antagonist.

악역은 주인공 못지않게 매력적인 인물로 만들어야 합

니다. 주인공보다 강해야 합니다. 주인공이 도저히 이길 수 없을 것처럼 강해 보여야 이야기에 긴장감이 유지됩니다. 악역이 약하면 이야기가 맥이 빠집니다. 결국에는 주인공이 이기는 스토리라고 하더라도, 독자들이 글을 읽는 과정에서는 혹시 주인공이 지면 어쩌나 하는 조마조마한 심정을 맛봐야 합니다. 주인공을 곤경에 빠트리고 사건에 긴장감을 더하는 것이 악역의 숙명입니다. 악역은 악할수록 좋습니다.

〈어벤져스〉에 타노스가 있고 배트맨에게 조커가 있듯이 막강한 악역이 있어야 주인공의 매력도 더 도드라지기 마련입니다. 그리고 악당에게는 악당이 된 사연이 있어야 합니다. 사연 없는 악당을 매력적으로 만들기란 쉬운 일이 아닙니다. 악당도 인간이므로 그가 악해지기까지 어떠한 일을 겪었을지, 어떤 계기가 있었을지 독자들은 궁금해합니다. 다만 악당의 사연이 악행을 정당화한다거나 가해자의 자기 변명처럼 보이지 않도록 경계해야 합니다.

SF에서는 악역이 사회 시스템이나 자연재해, 외계의 침공이 될 수도 있습니다. 그러나 외계인이 침공해 오더라도 하필 지구에 오게 된 이유는 만들어 주어야 합니다. 외계 침공만이 아닙니다. SF에서는 만약에,라는 가정하에 현실 사회를 뒤집어 보고 그럴 때 일어날 사건에 초점을 맞추기 때문에 악역이 국가나 시스템이 되는 경우가 드물지 않습니다. 마거릿 애트우드의 『시녀 이야기』에서는 여성을 오직 자궁이라는 생식 기관을 가진 도구로만 봅니다. 소설 속에서 여러 등장인물이 대립하지만 결국은 그런 시스템을 만든 정부가 최종 보스, 악역인 셈입니다.

독특하고 개성 넘치는 조연

개성 있는 조연은 소설에 활력을 더하는 역할을 합니다. 영화에서는 신 스틸러라고 부르기도 하지요. 드라마나 영화, 장편 소설에는 살아 있는 조연이 꼭 필요합니다. 그러나 단편 소설이라면 조연을 너무 살리지 않는 편이 낫습니다. 현실을 배경으로 한 소설이라도 단편이면 조연이 들어갈 자리는 좁습니다. 아무래도 분량이 짧다 보니 주인공 이야기에만 집중하기에도 지면이 부족합니다. SF라면 더욱 그렇습니다. 단편에서 세계관 설명하고, 주인공이 처한 상황을 그리고, 적대자랑 대치하다 보면 조연의 역할은 축소될 수밖에 없습니다.

제가 쓴 「다이웰 주식회사」는 원고지 120매 정도의 단편입니다. 후천성심정지증후군ACAS라는 감염병이 창궐한 세계를 그리고 있는데 원고지 120매면 그리 긴 분량이 아닙니다. 그래서 주인공과 엄마의 관계에만 집중했습니다. 김영호 씨라는 조연이 등장하지만 전체에서 차지하는 비중은 10% 정도일 것입니다.(김영호 씨는 그 분량 내에서 조연으로서 자신의 역할을 충실히 수행합니다.) 여러분이 만약 조연 이야기까지 풍성하게 쓰고 싶으면 장편을 써야 합니다. 장편에서는 조연의 이야기가 서브플롯으로 들어갈 수 있습니다. 혹은 그 조연을 주인공으로 한 연작, 옴니버스 소설을 쓸 수도 있겠습니다.

엑스트라는 어디까지나 엑스트라다

엑스트라에게 빨간 모자를 씌우지 맙시다. 보라색 모피 코트도 입히지 맙시다. 얼굴에 커다란 점을 찍지도 말아야 합니다. 엑스트라에게는 이름을 줄 필요도 없습니다. 그냥 한두 번 나오는 정도라면 의사, 집배원, 경찰, 이런 식으로 하면 됩니다. 일단 인물에 이름이 주어지면 독자는 아, 이 사람이 뒤에 또 등장하나 보다, 은연중에 그렇게 생각하기 때문입니다. 다만 그 엑스트라가 어떤 단서를 쥐고 있다거나 숨겨진 역할이 있다면 이름이나 특징 있는 별명을 만들어주는 것도 좋습니다.

인물을 만들 때 주의해야 할 점

첫째, 주변 사람의 삶을 훔치지 맙시다.

소설 속 수많은 인물을 실제 인물을 전혀 참고하지 않고 완전히 허구로 빚어낼 수는 없습니다. 다만 주변 인물을 통째로 복사해서 붙여 넣는 일은 금물입니다. 아주 조금씩, 『멕베스』에 등장하는 마녀가 마녀 수프를 만들 때처럼 이 사람에게서 말투 하나, 저 사람에게서 눈썹 모양, 또 다른 사람에게서는 특이한 신발, 이렇게 한두 개씩만 가져와서 뒤섞어야 합니다. 버지니아 울프도 이런 방식으로 댈러웨이 부인을 만들었고, 귀스타브 플로베르의 마담 보바리도 마찬가지라고 합니다.

소설가도 인간이므로 살아가면서 주변인의 영향을 받지 않는 건 불가능합니다. 그러나 한 사람에게서 너무 많은 걸 가져오면 안 됩니다. 친구들과 만나서 신나게 수다를 떨다가 "그 대사 내가 써도 돼?"라는 말도 되도록 하지 맙시다. (저처럼 까칠한 성격이 아니라면 대부분은 "응, 써."라고 하겠지만) 허락을 받는다고 그대로 써도 되는 것은 아닙니다. 왜일까요? 다이어트의 예를 들어 설명해 보겠습니다.

저는 조금만 먹어도 살이 찌는 체질이고, 살이 찌면 활동이 둔해지는 편이라 시시때때로 다이어트를 합니다. 한 사흘 정도 음식 조절을 하다 보면 2kg 정도 빠지고 몸이 가벼워집니다. 살만 빠지면 좋은데 마음의 지방까지 쑥 빠졌는지 괜히 속이 허전합니다. 허전함을 달랠 수 있는 가장 쉬운 방법은 역시 맛있는 음식입니다. 이 시점에서 저는 갈등에 빠집니다. 음식의 유혹에 넘어가면 간신히 줄인 체중이 도로 원상 복구될 테니까요. 하지만 열에 아홉은 먹고자 하는 욕망이 승리합니다. 아주 조금만 먹으면 괜찮겠지, 이렇게 생각하며 냉장고를 열어봅니다. 딸기가 있습니다. 딸기는 당분이 있지만 과일이고, 많이 먹지만 않으면 칼로리는 그다지 높지 않을 것입니다. 불굴의 의지로 딸기를 두 개만 먹는 데 성공합니다. 그런데 딸기를 먹고 나니 먹기 전보다 열 배 심한 허기가 밀려옵니다. 딸기가 애피타이저 역할을 해버린 것입니다. 그래, 저지방 우유는 마셔도 되겠지. 우유 한 컵을 마시고 나니 뱃속이 차갑습니다. 뭔가 따뜻한 걸 먹고 싶어집니다. 그래, 현미 가래떡 하나만 구워 먹자. 아니지, 기왕 굽는 김에 세 개는 구워야겠다. 이렇게 냉장고의 음식들이 하나둘씩 사라져갑니다. 이럴 바에야 차라리 밥을 차려 먹는 편이 나았을 거란 후회가 밀려옵니다.

인간의 심리란 참 묘합니다. 하나의 예외를 허락하는 순간 견고하게 쌓아두었던 성이 와르르 무너집니다. 다른 사람의 참신한 대사를 내 소설 속에 옮겨 적는 순간 내 안의 성에서 벽돌 한 개가 사라집니다. 이 정도는 괜찮겠지,라며 하나둘씩 가져다 쓰는 버릇을 들이면 나중에는 통째로 가져다 쓰면서 그것이 잘못된 일이라는 것을 자각하지 못할지도 모릅니다. 절대로 주변 사람을, 그 사람이 아무리 매력적인 캐릭터라고 하더라도 그대로 가져오지 맙시다.

둘째, 스테레오 타입, 고정 관념에 사로잡히지 맙시다.

우리가 할머니 캐릭터를 만든다고 가정해 봅시다. 보글보글 브로콜리 파마에 요즘 말로 배기 바지, 옛날 말로 몸뻬 바지를 입고 커다란 꽃무늬가 들어간 티셔츠를 입은 할머니가 떠올랐다면 얼른 날려버립시다. 따지고 보면 요즘 이런 전형적인 할머니도 드물지요. 주변의 할머니들을 관찰해 봅시다. 염색 안 한 그레이 헤어에 단정한 블라우스, 혹은 베이지색 원피스를 입은 할머니를 쉽게 찾아볼 수 있습니다. 캐릭터를 만들 때는 피상적으로 생각하지 말고, 구체적으로 캐릭터의 개성을 잡아내야 합니다. 그래야 살아 있는 캐릭터를 만들 수 있습니다.

인물은 변화해야 하는가?

소설에서 인물은 변화해야 할까요? 결론부터 말하자면 그렇습니다. 변화해야 합니다.

소설에서는 언제나 크고 작은 사건이 일어납니다. 어떤 사건을 겪은 다음에는 사람이 변화하지 않을 수가 없습니다. 꼭 커다란 사건 사고를 겪어서가 아닙니다. 일상생활 속에서도 우리는 끊임없이 변화합니다. 스타벅스에서 봄철 한정 음료인 '미드나잇 베르가못 콜드 브루'를 먹었다면 그걸 먹기 전의 나로 되돌아갈 수는 없습니다. 그리고 음료를 마신 경험은 자신 안에 어떤 식으로든 감상을 남깁니다. 너무 달아서 다시 먹고 싶지 않다든가, 향기가 좋아서 사계절 내내 나오면 좋겠다든가, 썸 타던 사람과 함께 마셔서 설렜다든가, 실연하고 나서 집에 가다 원샷으로 들이켰다든가.

사소한 음료를 마신 경험(사건)이지만 인물은 A에서 A'로의 변화를 겪었습니다. 우리 삶에는 A에서 B로의 거창한 변화보다 A에서 A'로의 변화가 더 많습니다. 소설 속의 사건도 반드시 스펙터클할 필요는 없습니다. 중요한 것은 우리 삶의 크고 작은 변화를 소설 속에서 어떻게 문장으로 구현해내느냐 하는 것입니다.

3장 사건과 시점

01

사건 만들기

우리의 삶에서는 아무런 사건이 일어나지 않고 하루, 일주일, 한 달이 훌쩍 가버리기도 합니다. 아니, 사건은 되도록 일어나지 않는 편이 좋으므로 가버린다는 표현은 부적절해 보입니다만. 어쨌거나 우리의 삶과 달리, 소설에는 반드시 사건이 있어야 합니다.

사건과 갈등은 소설의 핵심 요소입니다. 그런데 사건을 만드는 일은 작가들이 어려워하는 지점이기도 합니다. 인간은 갈등보다 평화를 사랑하기 때문입니다. 사람들하고 싸우고 대립하는 일보다 좋게 좋게 넘어가는 편을 선호합니다. 원수지고 살면 안 된다, 우물에 침 뱉지 말아라, 그 우물물 언젠가 네가 마시게 된다 등 많은 속담과 격언이 대인 관계의 원만함을 권장합니다. 하지만 소설에서는 등장인물들이 너무 착하면 재미가 없습니다. 사건이 일어나려면 인물들이 갈등과 반목, 증오 같은 감정들을 발산해야 합니다.

사건은 어떻게 만들어야 할까?

사건은 말 그대로 소설에서 일어나는 핵심적인 일입니다. 그러므로 글의 구성, 뼈대, 플롯과 밀접하게 연결되어 있습니다. 플롯은 집을 지을 때 필요한 설계도나 마찬가지입니다. 설계도 없이 집을 짓다 보면 아무래도 허술한 부분이 생길 수 있습니다.

우리에게 익숙한 발단 — 전개 — 위기 — 절정 — 결말을 통해 사건 만드는 방법을 알아봅시다.

발단에서는 도발적인 사건이 일어나야 합니다. 드라마 대본을 쓸 때는 — 60분짜리 단막극이라면 — 초반 5~10분 이내에 사람들의 마음을 훔칠 수 있는 사건이 반드시 발생해야 합니다. 소설에서는 도입부에서 사건이 제시되어야 하겠지요. 만약 첫 단락을 주인공을 묘사하기 위해 썼다면 적어도 두 번째 단락에서는 사건, 갈등 상황이 나오는 편이 좋습니다.

「미래의 여자」 도입부를 예로 들어보겠습니다.

주인공은 어머니의 생일을 맞아 본가로 가고 있다.(사건의 배경) 주인공은 도시에서 살고 있지만, 그의 부모는 깊은 산속의 별장 같은 곳에서 산다. 어렸을 때부터 줄곧 사람들이 살지 않는 산속에서 살았던 주인공은 초록색만 봐도 지긋지긋하다. 또한, 주인공은 임신한 아내를 보고 '거미처럼 볼록한 배'라고 생각하는 것으로 보아 그다지 아내를 사랑하지 않는 듯하다.(주인공의 배경 및 성격) 주인공은 본가에 도착하고, 주인공의 어머니는 50번째 생일파티 중 증발하듯 사라진다.(도발적 사건)

전개에서는 사건이 본격적으로 펼쳐집니다. 이야기는 점점 얽히고 갈등이 도드라지기 시작합니다.

어머니가 사라진 후, 아버지도 사망한다. 주인공은 아버지의 유품을 정리하기 위해 본가에 돌아온다.

그리고 아버지의 책상 서랍에서 원고를 발견한다.
그 원고의 첫 장에는 이 소설의 독자는 아들이라고 쓰여 있다.

「미래의 여자」는 액자식 구성을 하고 있습니다. 주인공이 원고를 펼쳐 읽는 순간 독자들도 액자 속 이야기, 주인공 아버지의 이야기 속으로 들어가게 됩니다. 이야기 속의 이야기, 소설 '미래의 여자'는 "윤의 아내는 미래에서 온 여자였다."라는 첫 문장으로 시작합니다. 주인공이 어머니의 실종과 아버지의 사망을 겪고 아버지가 유서처럼 남긴 원고를 보는 상황에서, 독자는 또 다른 주인공인 윤을 만납니다. 그런데 윤의 아내가 미래에서 왔다고? 이야기는 이렇게 층위를 만들며 독자들을 더욱 복잡한 상황으로 이끌어 갑니다.

위기는 사건과 갈등이 고조되고 심화하는 단계입니다. 「미래의 여자」는 액자 소설의 분량이 전체의 3분의 2 정도를 차지하므로 액자 소설 속의 위기가 곧 전체 소설의 위기가 됩니다. 주인공 윤이 수를 미래로 데려오기 위해 고심하고, 시간 여행 비용을 마련하기 위해 미래에서 가져온 자신의 책을 베껴 써서 베스트셀러로 만들고, 괴짜 여행사 사장이 만든 일인용 타임머신을 타고 미래로 가는 부분입니다. 독자들은 수를 도와주기 위해 법을 어기고 위험을 감수하는 윤을 보며 마음을 졸이게 됩니다.

위기에서 사건은 단순히 한 방향으로만 흘러가지 않습니다. 어디서 날아올지 모르는 화살처럼 하나를 피하기도 전에 다른 화살이 날아오고, 주인공은 점점 궁지에 몰리게 됩니다.

절정은 갈등과 사건이 최고조에 이르는 단계, 클라이맥스입니다. 사건 해결의 실마리를 찾거나 전환점을 맞이하기도 합니다. 윤이 일인용 타임머신을 타고 미래로 가서 수를 데려오는 장면에서, 저는 긴박함을 더하기 위해 타임머신을 탈취하려는 악당들을 등장시켰습니다. 액자 소설이 끝나면 원래의 주인공 시점으로 돌아옵니다. 주인공은 아버지의 비밀을 누구와도 공유하고 싶지 않아 원고를 불태웁니다.

결말은 인물 사이에 벌어진 사건과 갈등이 해결되고 마무리되는 단계입니다. 해피 엔딩의 경우에는 모든 갈등이 해결되고 인물들은 화해하며 독자에게 만족감을 줍니다. 「미래의 여자」의 주인공은 일상을 평범하게 살아갈 수 있을까요? 결말에서 독자는 충격적인 비밀을 알게 됩니다.(역시 스포일러라 밝힐 수 없음을 양해해 주시길.)

몸의 플롯인가? 마음의 플롯인가?

사람이 죽는다. 죽은 줄 알았던 사람이 복수의 화신이 되어 돌아온다.

드라마에서 잊을 만하면 나오는 자극적인 사건입니다. 뻔한 설정이라고 욕을 하면서도 계속 보게 됩니다. 우리가 매운맛에 중독되는 이유와 비슷할 것입니다. 하지만 사건이 반드시 자극적일 필요는 없습니다. 때로는 잔잔한 이야기가 우리에게 더 큰 감동을 줍니다. 저도 잔잔한 울림이 있는 소설을 좋아합니다. 여기서 중요한 건 울림입니다. 절정에 이르렀을 때 독자들의 심장을 쿵, 내려앉게 만들 수 있는 한 방이 있어야 합니다. 그러기 위해서는 외적 갈등이 아닌 내적 갈등을 차곡차곡 쌓아가야 합니다.

『인간의 마음을 사로잡는 스무 가지 플롯』[1]에는 몸의 플롯과 마음의 플롯이라는 개념이 나옵니다. 몸의 플롯은 행동의 플롯입니다. 독자들의 관심은 다음에 벌어질 사건에 집중되고, 인물의 생각이나 사고는 최소한만 나타납니다.

영화로 치면 〈분노의 질주〉, 〈미션 임파서블〉 시리즈가 대표적인 몸의 플롯이라고 할 수 있겠지요.

이와 달리 마음의 플롯은 작가의 내면으로 파고듭니다. 표면적으로 드러난 사건보다 인간의 본질과 인간 사이의 관계, 심리 묘사에 더 비중을 둡니다. 〈굿 윌 헌팅〉이나 〈캐롤〉 같은 영화는 마음의 플롯이라 할 수 있습니다.

자신이 하려는 이야기가 몸 플롯에 적합한지 마음 플롯에 적합한지 따져보고 그에 맞추어 전개해 나가는 것도 사건의 방향성을 잡는 데 도움이 될 것입니다.

주인공을 괴로운 상황으로 몰아가자

앞에서도 말했지만 사건을 구상하는 일은 작가들이 가장 어려워하는 작업 중 하나입니다. 심성이 고운 작가들은 더 그렇습니다. 사실 거의 모든 작가는 심성이 곱습니다. 글을 쓰는 일은 고운 비단을 짜는 일과 비슷합니다. 거칠거칠한 마

1 로널드 B. 토비아스 지음, 『인간의 마음을 사로잡는 스무 가지 플롯』, 김석만 옮김, 풀빛, 2007년.

음가짐으로는 아름다운 무늬를 놓을 수가 없습니다. 그러나! 사건을 만들 때만큼은 고운 심성을 잠시 내려놓아야 합니다. 어떻게 하면 주인공을 괴롭힐 수 있을지 고민합시다. 하나의 사건을 던져놓고 만족하면 안 됩니다. 주인공이 그 사건을 풀어나가기 위해 고군분투할 때 또 하나의 사건을 떨어뜨려야 합니다. 그렇게 도저히 헤어 나올 수 없을 듯한 구덩이로 몰아넣습니다. 구덩이가 깊고 험하고, 구덩이 속에 끔찍한 괴물이 살수록 독자는 열광한다는 것을 잊지 마세요. 결말에 이르러 주인공이 구덩이에서 나올 수 있도록 도와주는 것도 작가의 몫입니다. 데우스 엑스 마키나처럼 갑자기 하늘에서 밧줄이 내려오면 안 됩니다. 그럴 바에는 주인공이 구덩이 속에서 죽는 게 낫습니다. 주인공이 구덩이를 탈출해 지상으로 나오는 마지막 순간까지 발을 헛디디게 하는 걸 잊지 맙시다. 갖은 고생 끝에 태양을 마주한 주인공에게 독자들은 박수를 보낼 테니까요.

떡밥은 꼭 회수하자

떡밥은 원래 낚시를 할 때 쓰는 미끼의 한 종류입니다. (낚시를 가본 사람이라면 실지렁이나 구더기에 비해 떡밥이 얼마나 평화로운 미끼인지 느껴봤을 것입니다.) 여기서 말하는 떡밥도 미끼라는 의미에서 크게 벗어나지 않습니다. 작품을 진행하면서 독자들에게 궁금증을 유발하거나, 나중에 반전을 제시하기 위해 미리 작품 속에 숨겨놓는 내용이 떡밥이니까요. 한마디로 떡밥은 독자들이 글을 계속 읽을 수 있도록 낚는 장치입니다. 복선과 비슷한 뜻이지만 앞으로 일어날 사건을 암시하는 복선보다 더 큰 개념으로 볼 수 있습니다.

작가는 작품 곳곳에 떡밥을 뿌립니다. 특히 장편 소설에서 떡밥은 중요한 재미 요소입니다. 그런데 이 떡밥을 뿌리기만 하고 회수를 안 하면 큰일입니다. 도대체 일이 어떻게 되려나 잔뜩 기대하고 보던 독자들을 충족시키려면 떡밥 회수가 필수입니다. 제대로 떡밥을 거둬들이지 않아놓고 맥거핀[2]이었다는 핑계는 대지 맙시다. 독자는 바보가 아닙니다. 다시 말하지만, 독자들은 작가들보다 훨씬 똑똑합니다.

억지스러운 반전보다 정직한 결말이 낫다

사람들은 반전을 좋아합니다. 아니, 사랑합니다. 지금까지의 예상이 뒤엎어지며 무심코 지나친 사건들이 전혀 다르게 보이는 신선한 충격을 즐깁니다. 그러나 어설픈 반전은 아니 넣는 것만 못합니다. 잘 짜인 반전은 독자들에게 쾌감을 더해주지만, 반전을 남발하거나 충격적인 반전을 만들려는 의욕이 앞선 나머지 캐릭터 붕괴나 서사 붕괴를 일으켜서는 안 됩니다.

반전에는 어떤 것들이 있을까요?

너무 유명해서 반전의 내용을 밝혀도 스포일러라고 부를 수 없는 영화들의 예를 들어보겠습니다. 그래도 어떤 영화인지 밝히지는 않겠습니다. 부모를 죽인 원수인 줄 알았는데 친아버지였다거나("I'm your father."), 주인공이 알고 보니 유령이라든가, 얼간이인 줄 알았는데 천재적인 범죄자라든가, 등장인물들이 전부 주인공의 다른 인격이었다든가… 〈해리 포터〉의 캐릭터들도 반전 요소를 가진 경우가 많습니다. 〈왕좌의 게임〉에서는 주인공이라고 생각했던 사람들이 무참히 죽습니다.

꿈 결말도 반전이라고 볼 수 있습니다. 고사성어에 한단지몽邯鄲之夢이라는 말이 있듯 꿈 결말의 역사는 오래되었습니다. 『구운몽』도 대표적인 꿈 결말입니다. 『구운몽』과 같은 소설을 몽자류 소설夢字類小說이라고 합니다. 몽자류 소설은 주인공이 꿈에서 현실과 전혀 다른 체험을 함으로써 깨달음을 얻고 깨어나 자아로 돌아오는 이야기입니다.

사람은 누구나 꿈을 꿉니다. 그래서 우리는 꿈 이야기를 좋아하는지도 모릅니다. 잘 짜인 몽자류 소설은 시대를 초월해 인기를 누리지만 단지 반전을 위해서만 쓰이면 안 됩니다. 이야기를 펼쳐놓고 마지막에 "꿈이었어."라고 하면 독자들은 작가의 역량을 의심하게 될 테니까요.

억지스러운 반전보다 정직한 결말이 백 배 낫습니다. 반전에 집착하지 맙시다.

2 맥거핀은 작품 초반에 중요한 것처럼 언급되지만 실제로는 등장하지 않거나 사라져버리는 '헛다리 짚기'장치입니다. 앨프레드 히치콕 감독의 <사이코>에서 주인공은 돈다발을 훔쳐 달아납니다. 초반에는 돈다발과 연결된 사건이 일어날 것 같습니다. 그러나 주인공이 베이츠 모텔에 가면서부터 돈다발은 관객의 뇌리에서 잊힙니다. 돈다발은 주인공을 죽음의 모텔에 이르게 하는 맥거핀이지요. 맥거핀은 의도된 장치라는 점에서 '미회수 떡밥'과는 다릅니다.

02

시점

시점이란 소설에서 이야기를 서술해 나가는 방식이나 관점입니다.

일인칭, 삼인칭, 전지적 작가 시점이 있고, 흔하지는 않지만 이인칭, 일인칭 복수(우리), 삼인칭 복수(그들) 등의 시점이 있습니다.

일인칭 시점

일인칭 시점에는 일인칭 주인공 시점과 일인칭 관찰자 시점이 있습니다. 일인칭 주인공 시점에서는 작중 화자인 '나'가 '나'의 이야기를 합니다. 모든 것이 '나' 한 사람의 눈을 통해 보여지고, 독자들은 이야기가 전개되는 동안 '나'의 머릿속을 따라옵니다. 다음 예시를 통해 일인칭 주인공 시점을 살펴봅시다.

"낙태하러 왔는데요."
나는 되도록 담담하게 말했다. 이비인후과에 가서 편도선이 부었는데요, 라고 하던 느낌을 되살려서.
"배우자분의 동의가 필요한 건 알고 계시죠?"
의사는 다정한 미소를 지으려 노력하고 있었다. 그녀의 입술 주름을 따라 번진 립스틱이 눈에 거슬렸다.
"저 결혼 안 했구요. 강간당했어요."
의사가 이번에는 안타까움과 동정심을 담은 표정을 지었다. 이봐요, 동정할 필요 없어요. 거짓말이니까. 난생처음 보는 산부인과 의사에게 사생활을 털어놓고 싶진 않았다. 진실은 이렇다. 나는 어제 구청에 이혼 서류를 제출했다. 그리고 임신했다는 사실을 알았다.

— 「하나의 미래」[3]

저는 개인적으로 일인칭 주인공 시점을 선호합니다. 일인칭으로 쓰면 독자들이 쉽게 감정 이입할 수 있다는 장점이 있습니다. 또한, 일인칭 시점은 긴박감을 줍니다. '나'라는 대명사의 힘 때문입니다. 독자들은 소설 속의 '나'를 자기 자신과 동일시하며 이야기에 빠져듭니다.

일인칭 주인공 시점은 주인공의 독특한 캐릭터를 표현하기에도 좋습니다. 사자성어 쓰기를 좋아하거나, 사람을 만났을 때 신발부터 보고 그 사람의 성향을 파악한다거나 하는 특성을 직접적으로 보여줄 수 있고, 머릿속 생각도 자유자재로 표현할 수 있으므로 주인공이 어떤 사람인지 알려주기 쉽습니다.

그러나 일인칭 주인공 시점에는 장점만큼이나 강력한 단점이 있습니다. 제가 처음 로맨스 소설을 썼을 때의 일입니다. 시점에 대해서 잘 모르는 상태에서 일인칭 주인공 시점으로 썼더니 심각한 문제가 발생했습니다. 남자 주인공의 속마음을 전혀 알 수가 없다는 점이었어요. 남자 주인공의 감정을 그윽한 눈빛이나 달콤한 말로만 표현해야 했는데… 긴 얘기는 하지 않겠습니다. 정말 지옥을 맛보았습니다. 고난은 여기에서 끝나지 않았습니다. 일인칭 시점으로 쓰면 '나'가

보고 듣는 것들만 묘사할 수 있습니다. 모든 장면에 '나'가 등장해야 한다는 의미입니다. 즉 내가 보지 못하는 곳에서 악역이 꾸미는 음모를 알 방법이 없습니다. 그러니까 일인칭 시점에서 흑막을 알려 주려면 화장실에서 엿듣거나, 주방에 물 마시러 가다가 엿들어야 하는데(옛날 드라마에서는 이 장면에서 꼭 컵을 떨어뜨려 들킵니다.) 이런 식의 방법을 쓰면 작위적으로 보일 수밖에 없습니다.

이와 다른 측면에서도 일인칭 주인공 시점은 큰 단점이 있습니다. 작가 지망생들은 주인공과 실제 나를 분리해서 생각하는 데 어려움을 겪습니다. 합평에서 "개연성이 없다."라는 평가를 들었을 때, "제 경험담인데요."라고 말하는 경우가 종종 있거든요. 내가 이렇게 느끼니까 주인공, 허구의 '나'도 이렇게 느끼겠지,라고 단정해 버린 것입니다. 그러나 사소설私小說이 아닌 이상 주인공＝작가의 등식은 성립되지 않습니다.

당연한 말이지만 허구의 '나'는 현실의 나와는 전혀 다

3 남유하, 「하나의 미래」, 『다이웰 주식회사』, 사계절, 2020년, 85~86쪽.

른 존재입니다. 그렇기에 주인공과 작가 간의 적절한 거리 두기가 필요합니다. 주인공과 거리를 두기 위해서는, 아이러니하게도 '주인공 되기'를 해야 합니다. 작가 자신과 허구의 '나'를 혼동하는 것이 아니라, 작가가 글을 쓰는 동안에 주인공인 '나'가 되어야 한다는 뜻입니다.

작가들과 얘기를 나누다 보면 잘난 척(?)하는 레퍼토리 중에 "글을 쓰다 보면 어느 순간 인물이 스스로 말하고 행동한다."라는 대목이 꼭 들어갑니다. 사실 이건 마술처럼 일어나는 일이 아닙니다. 작가가 충분히 주인공 되기를 하고, 주인공을 하나의 인격체, 살아있는 사람으로 느꼈기 때문에 일어난 일입니다. 먼저 주인공을 존중합시다. 그러면 당신의 주인공도 협조적으로 나올 테니까요.

다음으로 일인칭 관찰자 시점은 주인공이 아닌 '나'가 주인공의 이야기를 들려줍니다. 외부인의 눈으로 주인공을 가까이에서 바라보는 것입니다.

일인칭 관찰자 시점에는 너무도 유명한 두 작품이 있습니다. 『위대한 개츠비』와 『셜록 홈스』 시리즈입니다. 피츠제럴드는 개츠비의 이야기를 닉 캐러웨이로 하여금 하게 합니다. 그를 통해 독자들은 개츠비에 대해 거리를 두고 바라

볼 수 있습니다. 『셜록 홈스』에서 왓슨이 하는 역할은 더욱 중요합니다. 왓슨의 입을 통해 홈스의 능력에 대해 말함으로써 홈스의 별난 면모를 자연스럽게 드러냄과 동시에, 독자에게 공개할 수 없는 정보를 정당하게 감출 수 있습니다.

앞서 예를 든 「하나의 미래」 도입부를 일인칭 관찰자 시점으로 바꿔봅시다.

1층 카페에서 나오던 참이었다. 계단에서 내려오는 하나와 마주쳤다. 항상 단정하게 빗어 넘기던 단발머리가 오늘따라 흐트러져 있었다.

"하나야, 여기 웬일이야?"

"어, 잠깐 일이 있어서…"

하나는 학원을 빠진 사실을 엄마에게 들킨 아이처럼 불안한 표정으로 말했다.

"시간 되면 커피라도 마실래?"

"아니, 나 어디 가봐야 해. 다음에 연락할게."

서둘러 가는 하나의 뒷모습을 바라봤다. 카페 2층에는 산부인과밖에 없었다.

시점만 일인칭 주인공에서 일인칭 관찰자로 바꿨을 뿐인데 저도 당황스러울 만큼 전혀 다른 이야기가 되었습니다. 어떤 시점으로 쓰냐에 따라 이야기의 재미와 감동 포인트가 달라집니다. 그러므로 자신의 이야기를 가장 돋보이게 할 시점을 효과적으로 선택해야 합니다.

전지적 시점

전지적 시점은 19세기에는 보편적이었지만 지금은 많이 쓰이지 않는 편입니다. 이 시점에는 두 가지 특징이 있습니다. 첫째, 작가는 어떤 인물의 마음속이라도 들어갔다 나왔다 할 수 있다. 둘째, 작가는 인물의 행동을 자유롭게 말하기도 하고 가끔 자신의 충고와 해석을 독자들에게 얘기하기도 한다. 무성 영화 시대의 변사(극의 진행과 등장인물의 대사 등을 관객에게 설명해 주던 사람) 같은 역할이라고 생각하면 됩니다.

전지적 시점에서는 작가가 전지전능한 신과 같은 위치에서 독자에게 모든 상황을 자유롭게 설명해 줄 수 있습니다. 나아가 인물의 행동에 대한 독자의 해석, 가치 판단에도 관여할 수 있습니다. 일단 전지적 시점을 택했다면 작품의 시작에서부터 이야기가 끝날 때까지 작가의 존재감을 드러내야 합니다. 띄엄띄엄 들어가면 전지적 시점이 아니라 잘못 쓴 삼인칭 시점처럼 보이게 됩니다.

전지적 시점에도 단점이 있습니다. 작가의 목소리가 들어가기 때문에 독자의 몰입을 떨어뜨린다는 것입니다. 일단 작가의 목소리가 들리면 소설이 허구로 느껴지고 작품과 거리감이 생깁니다. 숙련된 작가가 아닌 이상 독자가 튕겨 나갈 우려도 있습니다. 따라서 전지적 시점은 다른 시점에 비해 수준 높은 문장력을 요구합니다. 자유에 따른 책임이라고 해야겠지요.

이인칭 시점

이인칭 시점은 다소 실험적인 시점입니다. 주인공이 너/당신으로 지칭됩니다. 이인칭 시점은 흔하게 사용되지는 않습니다. 지금부터 이야기할 단점들 때문입니다. 그럼에도 불구하고 훌륭한 이인칭 소설들이 있습니다. 카를로스 푸엔테스의 『아우라』가 그렇습니다. 『아우라』의 도입부를 살펴봅시다.

> 너는 광고를 읽어. 이런 광고는 날마다 볼 수 있는 것이 아니야. 너는 곱씹어 읽어 보지. 바로 그 누구를 위한 것이 아니라 너를 위한 광고야. 이런, 정신이 나가 담뱃재를 찻잔 속에 터네. 아무리 더러운 싸구려 카페라 하더라도 말이야. 또 이 광고를 읽을 거야. 젊은 사학자 구함. 반듯하고 꼼꼼한 사람일 것. (중략) 네 이름만 빠졌네. 그 광고에 보다 진하고 검게 찍힌 펠리페 몬테로라는 글자만 빠졌어.[4]

이인칭 시점의 단점은 명확합니다. 이인칭 시점에 익숙하지 않은 독자는 위의 문장을 읽는 순간, '나는 광고를 읽지 않아, 책을 읽고 있다고.'라고 생각할 수 있습니다. 일단 이런 생각에 빠지면 책의 내용에 몰입할 수 없게 됩니다. 그렇게 생각하지 않으려면 '너'라는 주인공을 지켜보는 유령 같은 누군가를 상상해야 합니다. 물론 낯설고 독특한 분위기를 만들 수 있다는 장점도 있습니다. 작가의 모험 정신으로 써보는 건 좋지만, 권장하고 싶지는 않습니다. 특히 공모전에 내는 작품이라면 무난하게 일인칭이나 삼인칭으로 가는 걸 권장합니다.

삼인칭 시점

삼인칭은 가장 흔하게 쓰이면서도 만만찮은 시점입니다. 삼인칭은 "그는 말했다.", "오하나가 말했다."라는 식으로 진행됩니다. 독자는 삼인칭으로 표현되는 인물의 머릿속으로 들어갈 수도 있고, 그의 모습을 외부에서 바라볼 수도 있습니다.

최근 소설에서 가장 많이 쓰이는 건 '삼인칭 제한적 시점'입니다. 독자가 이야기를 즐기고 캐릭터의 삶에 빠져들기에 가장 적합한 시점이기 때문입니다.

삼인칭 제한적 시점에서는 두 명 이상의 등장인물의 머릿속으로 들어가지 않고, 오직 한 사람의 머릿속으로만 들어갑니다. 예를 들어 남자 주인공과 여자 주인공이 있을 때,

4 카를로스 푸엔테스, 『아우라』, 송상기 옮김, 민음사, 2009년, 11쪽.

여자 주인공의 머릿속으로만 들어가겠다고 결정하는 것입니다. 여기서 여자 주인공을 초점 화자라고 부릅니다.

우리가 카메라로 동영상을 찍고 있다고 가정해 봅시다. 내 눈 속에 카메라를 심었으면 일인칭 시점이고, 카메라가 내 옆에 붙어서 나만 따라다니면 삼인칭 시점입니다. 삼인칭 제한적 시점은 카메라가 내 머리 위에 달려서 내가 보는 것만 보게 됩니다. 때에 따라서 내 머릿속을 찍을 수도 있습니다. 일인칭 주인공 시점과 상당히 비슷합니다. 그래서 어떤 작품은 일인칭으로 썼다가 삼인칭 제한적 시점으로 바꿔도 그다지 손볼 데가 없습니다.

그렇다면 일인칭 주인공 시점과 삼인칭 제한적 시점의 차이는 무엇일까요? 가장 큰 특징은 외양 묘사에 있습니다. 일인칭 시점에서는 "내 얼굴이 빨개졌다."라고 말할 수 없습니다. 하지만 삼인칭 제한적 시점에서는 "그의 얼굴이 빨개졌다."라고 말할 수 있습니다. 뭔가 야한 생각을 했다고, 그의 생각을 덧붙여 표현할 수도 있습니다. 여자 친구의 얼굴도 빨개졌다고 서술할 수 있지만 왜 빨개졌는지는 알 수 없습니다. 만약 삼인칭 다중 시점을 쓴다면 여자 친구의 얼굴이 왜 빨개졌는지도 알 수 있겠지요.

로맨스나 판타지 장르에서는 삼인칭 다중 시점을 많이 씁니다. 여자 주인공의 생각, 남자 주인공의 생각, 악역의 생각을 다 보여줄 수 있습니다. 플롯에 제한을 받지 않고 휘젓고 다닐 수 있지만 여기에도 규칙은 있습니다.

최소한 한 장면이 끝날 때까지는 한 인물에게 초점을 맞춰야 합니다. 장면이나 장이 바뀔 때만 시점을 이동합시다. 그렇지 않으면 독자는 이게 도대체 누구의 생각인지 혼란에 빠지게 됩니다. 장편 소설이라면 장이 바뀔 때 초점 화자를 바꾸면 됩니다. 단편 소설이라면 행과 행 사이에 공백을 넣어 초점 화자가 전환된다는 것을 표현하거나 별표(*)를 넣어줍시다.

초고는 쓰레기입니다. 무려 헤밍웨이가 한 말입니다. 노벨상을 받은 헤밍웨이조차도 초고를 쓰레기라고 느꼈다니 조금은 위안이 되기도 합니다. 그렇지만 우리의 쓰레기, 아니 초고는 쓰레기통으로 직행해서는 안 됩니다. 플라스틱을 재활용해서 옷과 가방을 만들듯, 우리의 초고를 트랜스폼, 탈바꿈시키는 것입니다. 다음 요소를 점검하는 것으로 시작해 봅시다.

 # 소설의 주인공이 목적(욕망)을 갖고
그 목적을 이루기 위해 행동하고 있는가?

밥을 먹거나 샤워하는 장면이 이야기에 기여하는 바가 없다면 과감히 삭제합시다. 쓸데없는 대화 장면도 걷어냅니다. 소설 속에서 현실 세계의 모든 것을 보여줄 필요는 없습니다.

 # 인물이 많아 혼란스럽지 않은가?

단편 소설에서 너무 많은 등장인물은 독자에게 혼란을 줄 수 있습니다. 중복되는 역할의 캐릭터가 있다면 한 명으로 합쳐봅시다. 장편 소설의 경우에는 단편보다는 자유롭게 인물을 투입할 수 있지만, 과유불급, 넘치는 것은 모자라는 것만 못하다는 사자성어를 염두에 둡시다. 이야기의 초반에 여러 명의 인물을 등장시킬 때도 주의해야 합니다.

대화가 캐릭터의 개성을 드러내는가?

간혹 작가 지망생들의 소설을 보면, 서너 명의 등장인물이 대화를 나누고 있는데도 전부 한 사람이 하는 말처럼 느껴질 때가 있습니다. 그렇다고 일일이 "~이/가 말했다."를 집어넣으려니 눈에 거슬립니다. 이럴 때는 캐릭터의 말투에 개성을 부여합시다. 사투리를 쓸 수도 있고, 특정한 어미를 쓰는 말버릇을 가진 인물을 등장시키는 것도 괜찮습니다. 하지만 너무 과도하게 집어넣으면 "~이/가 말했다."를 쓰는 것만 못하게 됩니다. 언제나 중용의 도를 지키도록 노력합시다.

회상 장면이 지나치게 자주 등장하지는 않는가?

주인공의 과거사를 설명할 때 회상보다 쉬운 장치는 없습니다. 하지만 회상은 최대한 아껴 써야 합니다. 회상은 말 그대로 지난날을 돌이켜 생각하는 것이기 때문에 이야기를 뒤로 잡아당깁니다. 읽는 이는 빨리 다음 이야기로 나아가고 싶은데, 주인공 혼자 아련한 과거를 되새기고 있다면? 결과는 뻔합니다. 독자는 책장을 덮고 핸드폰을 손에 쥘 것입니다.

 # 톤이 잘 유지되고 있는가?

이야기의 톤을 고르게 가져가는 것은 소설 쓰기에서 매우 중요합니다. 코를 후비는 로맨스의 남자 주인공을 상상할 수 있나요? 한껏 긴장이 고조된 상황에서 머리를 풀어헤친 귀신이 나타나 빗을 빌려 달라고 한다면요? 로맨틱한 분위기는 한순간에 날아가 버리고, 마음을 졸이던 독자는 헛웃음을 웃게 될 것입니다. 톤 앤 매너를 지키는 일은 언제나 중요합니다.

 # 비문이나 오타가 없는가?

비문은 문법에 맞지 않는 문장입니다. 주어와 술어가 호응하지 않거나, 필요한 문장 성분이 빠지는 등 어색한 문장이지요. 비문은 너무 긴 문장의 길이가 원인인 경우가 많습니다. 비문이 의심되면 문장을 짧게 잘라봅시다. 훨씬 명확한 문장으로 탈바꿈할 것입니다. 오타 역시 사소하지만 중요한 문제입니다. 내가 모르는 사이 오타 자동 생성기라도 설치된 것처럼 봐도 봐도 곳곳에 숨어있는 오타들. 초안을 완성한 후에는 꼭 종이로 프린트해서 읽어봅시다. 보이지 않던 오타를 잡아내는 데 도움이 되거든요.

 # 주제가 있는가?

작가가 독자에게 전하고 싶은 메시지, 바로 주제입니다. 국어사전에서 주제의 뜻을 찾아보면 "예술 작품에서 지은이가 나타내고자 하는 기본적인 사상."이라고 나옵니다. 사상이라는 말 때문에 딱딱한 느낌을 주지만, 주제란 거창한 것이 아닙니다. 작가가 독자에게 하고 싶은 말입니다. 주제가 중요한 이유는 가독성과 직결되기 때문입니다. 주제가 없는 이야기는 횡설수설 장광설이 되기 쉽습니다. 읽기 쉬운 글이 나올 리가 없겠지요. 자기가 하고 싶은 말이 뚜렷해야 독자에게 명확하게 전달되는 이야기를 쓸 수 있습니다.

합평合評을 국어사전에서 찾아보면 "여러 사람이 모여서 의견을 주고받으며 비평함."이라고 뜻풀이되어 있습니다. 소설을 쓰고 서로의 작품에 대해 의견을 주고받을 때도 합평이라는 말을 씁니다.

저는 2014년에 처음 소설 강의를 들었습니다. 그 수업을 같이 들었던 수강생의 합평이 지금도 기억납니다. 수업 시간마다 꽤 수준 있는 작품을 내는 수강생이었는데, 다른 사람의 작품을 합평할 때 항상 "내가 이런 소재로 쓴다면 어떻게 쓸까 생각하면서 본다, 나라면 이러이러하게 썼을 것 같다."라면서 자신의 아이디어를 풀어놓았습니다. 그때는 그 사람이 어찌나 멋있게 보이던지, 저도 그런 식으로 따라 했습니다. 그런데 그와 같은 방식이 합평이라기보다 브레인스토밍에 가깝다는 것은 오랜 시간이 지난 후에 알게 되었습니다.

합평은 내가 쓰면 어떻게 쓰겠다,라며 아이디어를 자랑하는 장이 아닙니다. 합평은 글쓴이가 어떤 의도로 글을 썼는지 읽어내고 그 사람의 의도가 살아있으되 더 나은 작품이 되도록 도움을 주는 과정입니다. 그러므로 사소한 디테일을 잡아주는 것은 아주 좋습니다. 오타나 비문, 사실 관계가 맞지 않는 부분은 없는지 함께 살펴보는 것이지요. 예를 들어 시간 여행의 연도 계산이 틀렸다든지 주인공의 옷이 앞에서는 초록색이었는데 뒤에서 파란색으로 바뀌었다든지 하는 부분을 짚어주는 겁니다. 사소하지만 어찌 보면 가장 중요한 문제입니다. 합평을 하는 가장 큰 이유일 수도 있습니다.

여러 사람이 합평을 하다 보면 자연스럽게 의견이 겹치는 지점도 있습니다. 좋은 부분은 각기 달라도 어색한 부분을 보는 눈은 거의 비슷합니다. 그렇기에 합평을 하다 보면 "앞에서 다 말씀해 주셔서 저는 겹치는 부분은 넘어갈게요." 라고 안 겹치는 부분만 말하는 사람도 있습니다. 하지만 겹치는 부분도 간략히 짚어주는 것이 좋습니다. 쓴 사람 입장에서는 한 사람 말만 듣고는 판단이 잘 서지 않기 때문입니다. 그런데 두 사람 이상이 말하면 "이건 절대로 못 고쳐!"라고 생각하는 부분이 아니라면 고치는 게 좋습니다. 저처럼 의심이 많고 고집이 센 사람도 두 사람, 세 사람이 같은 지적을 하면 거의 수용하는 편입니다. 그래서 겹치는 부분을 반복해서 말해주는 것이 굉장히 도움이 됩니다.

합평을 받는 입장에서는 어떻게 해야 할까요?

합평 원고 끝부분에 자신이 부족한 것 같거나 궁금한 점, 듣고 싶은 점이 있다면 적어놓는 것도 좋은 방법입니다. 사람들이 그 부분에 더 집중하면서 볼 수 있습니다. 도움이 되는 조언을 얻을 확률도 높아집니다. 하지만 이 방법을 쓰면 사람들의 순수한 느낌을 들을 수 없다는 단점도 있습니다.

합평받을 때 가장 중요한 것은 선택입니다. 합평에서 들었던 수많은 말 중에 어떤 걸 쓰고 어떤 걸 버릴지 선택을 잘 해야 합니다. 저는 소설가에게 가장 필요한 덕목이 주관이라고 생각합니다. 자기 주관을, 중심을 잡고 있어야 합니다. 다른 사람의 말에서 옥석을 가려야 합니다. 아무리 옥처럼 반짝거려도 그게 내가 말하고자 하는 주제와 일치하지 않으면 버려야 합니다. 정 아쉬우면 다음 작품에서 써도 좋겠습니다.

저는 합평을 신봉하는 편입니다. 합평은 앞의 원칙을 잘 지킨다면 도움이 될 수밖에 없습니다. 그러나 자신의 멘털이 너무 약하다면 조심해야 합니다. 사람마다 합평의 수위가 달라서 말한 사람은 가벼운 잽을 날렸을 뿐인데 듣는 사람은 KO 당할 수도 있으니까요. 합평 때문에 글을 포기하고 싶을 정도라면 합평을 하지 않고 자기 글을 쓰는 게 맞는다고 봅니다. 그럼에도 불구하고 맷집을 기르는 것은 도움이 됩니다. 동료들과의 합평을 건너뛴다고 하더라도 편집자와의 합평(편집자가 편집 의견을 주는 행위를 합평이라고 부르지는 않지만 근본적으로는 맞닿아 있는 작업이라고 생각합니다.)은 피할 수 없을 테니까요. "내 문장의 토씨 하나 건드리지 마시오." 하는 작가가 있다는 얘기는 도시 전설처럼 들은 적이 있지만, 스티븐 킹도 편집자와 합평을 하고, 레이먼드 카버도 그랬다는 사실을 잊지 맙시다.

4장 SF의 하위 장르

개인적으로 저는 장르를 나누는 걸 별로 좋아하지 않습니다. 내가 어떤 장르의 글을 쓰겠다, 라고 먼저 정해버리면 사고가 확장되는 걸 막을 수 있기 때문입니다. 요즘은 장르의 융합이 대세입니다. 장르를 넘나들며 자유롭게 쓰면 참신한 결과물이 나올 수 있습니다. 그러나 지피지기면 백전백승. SF의 하위 장르를 하나하나 파헤치다 보면 내가 어떤 장르를 잘 쓸 수 있고 어떤 장르들을 결합하면 재미있는 작품이 나오겠다, 하는 감각을 익힐 수 있습니다. 원래 퓨전 요리를 잘 만들려면 기본기가 탄탄해야 하는 법이니까요.

SF는 너무 어려워요!

어렵다, SF에 대한 대표적인 고정 관념입니다. 그렇다고 "아니에요, 어렵지 않아요!"라고 말할 수는 없습니다. SF의 스펙트럼은 참으로 넓어서 SF 작가가 볼 때도 어려운 작품이 적지 않습니다. 아니, 당장 손에 꼽을 수 있을 정도로 많습니다. 그러므로 당신이 SF에 처음 도전한다면 어려운 책을 억지로 보는 일은 말리고 싶습니다.

글을 읽는 것도 글을 쓰는 것도 외국어를 배우는 일과

비슷합니다. SF에 익숙하지 않은 상태에서 과학 이론이 잔뜩 등장하는 소설을 읽으면 머리에 들어오지 않는 것이 당연합니다. SF에 관심이 있다면 읽기 쉬운 작품부터 도전해봅시다. 그리고 그중에서 좋아하는 작품을 발견했다면 여러 번 읽어봅시다. 간격을 두고 몇 번이고 다시 읽는 것입니다. 우리의 독서 경험은 몸 상태나 기분 혹은 읽는 장소 등 다양한 요소에 영향을 받습니다.

여러 번 읽는 연습을 하다 보면 작품을 깊이 읽을 수 있습니다. 처음 읽을 때는 스토리, 서사를 따라가느라 바빠 놓치는 부분이 많지요. 두 번째 읽다 보면 플롯, 구성이 보이고, 세 번째 읽으면 묘사와 문장이 보이고, 계속 읽다 보면 행간이, 작가가 숨겨놓은 서브텍스트들이 보이게 됩니다.

새로운 책은 매일매일 우리를 유혹합니다. 한 번 읽으면 충분한 것도 같습니다. 그러나 내 마음을 울린, 내게 여운을 준 책이라면 여러 번 읽기를 권합니다.

하드hard SF vs. 소프트soft SF

하드 SF는 물리학, 생물학, 화학 등 자연과학을 기반으로 치밀한 이론 설정과 묘사를 하는 작품을 말합니다. 하드 SF라고 하면 이름이 주는 느낌부터 딱딱할 뿐 아니라, 복잡하고 어렵다는 생각이 듭니다. 그래서 저 같은 문과 전공자는 거리를 두게 되지요.

하드 SF라고 반드시 딱딱한 것만은 아닙니다. 테드 창의 소설은 대부분 하드 SF지만 다루는 주제는 인간에 대한 것입니다. 테드 창은 인간의 자유 의지에 대해 끝없이 고민하고 성찰하는 작가입니다. 그래서일까요. 철학을 전공한 저로서는 테드 창의 작품들이 친숙하게 느껴집니다. 하지만 그의 작품을 좋아하는 것과는 별개로 그의 작품 속에 나오는 과학 이론을 이해하는 일은 쉽지 않습니다. 영화 〈컨택트〉의 원작인 단편 소설 「네 인생의 이야기」에서도 헵타포드의 언어를 설명하기 위해 페르마의 최단 시간의 원리라는 이론이 나옵니다. 그 부분은 몇 번을 읽어도 알쏭달쏭한데요. 이런 부분들이 독자들이 하드 SF에 대해 느끼는 진입 장벽일 것입니다. 반대로 하드 SF 팬들은 그런 부분에 끌리는 것이겠지요.

소프트 SF는 정치학, 사회학, 심리학 등 사회과학을 기반으로 만든 SF를 말합니다. 이런 작품들은 현실의 정치, 사회적인 상황을 과장하거나 미러링한 세계를 무대로 합니다. 그리고 『이갈리아의 딸들』이나 『시녀 이야기』처럼 현실을 은유적으로 비판하지요. 페미니즘 SF로 분류되는 많은 작품은 소프트 SF라고 볼 수 있습니다. 그러나 자연과학을 소재로 하지 않았다고 소프트 SF라고 불리는 것이 정당할까요? 소프트라고 하면 부드러운 이미지를 떠올리게 됩니다. 어쩐지 약해 보입니다. 사회를 전복하는 SF의 본질과는 맞지 않는다는 생각도 듭니다. 그래서 저는 이런 기계적인 분류에 큰 의미를 부여하지 않습니다. SF 작가는 하드 SF나 소프트 SF를 쓰는 사람이 아닙니다. 좋은 SF를 쓰는 사람입니다.

스페이스 오페라space opera

스페이스 오페라는 1920년대와 1930년대에 미국에서 유행한 펄프 픽션의 한 장르로 탄생했습니다. 스페이스 오페라는 우주를 무대로 한 활극, 주인공이 우주선을 타고 우주의 평화를 지키는 이야기입니다. 우주 해적, 특이하게 생긴 외계인과 암흑의 군주가 나오지요. 〈스타워즈〉나 〈스타트렉〉은 대표적인 스페이스 오페라입니다. 마블 유니버스의 〈가디언즈 오브 갤럭시〉도 스페이스 오페라라고 할 수 있습니다.

스페이스 오페라는 모험 이야기에 초점을 맞추고 있으므로 우주여행에 대한 과학적 기술이나 이론적 설정은 중시하지 않는 경향이 있습니다. 〈스타워즈〉에 나오는 제다이들의 포스라든가 〈스타트렉〉의 차원 이동 장치에 대해 과학적으로 설명해 주지는 않는 것처럼요.

스페이스 오페라 장르의 책으로는 『은하수를 여행하는 히치하이커를 위한 안내서』나 『듄』 시리즈, 『사소한 정의』 등이 있습니다. 만약 본인이 우주선, 우주 전쟁, 기묘한 외계인이 사는 행성, 영웅 서사에 끌린다면 스페이스 오페라를 써보는 것도 좋을 것입니다.

하나 더, 스페이스 오페라는 호러 장르와도 찰떡궁합입니다. 〈에일리언〉, 〈이벤트 호라이즌〉, 〈팬도럼〉, 〈라이프〉, 〈나이트 플라이어〉의 공통점은 무엇일까요? 우주선이라는 고립된 공간과 그곳에 침입한 외부 생명체라는 소재로 인간의 공포를 극대화하는 작품이라는 점이지요.

사이버펑크cyberpunk

사이버펑크에서는 인체가 기계로 확장되거나 의식을 기계에 접속할 수 있는 상황이 그려집니다. 주된 소재는 인간과 기계, 사이보그, 안드로이드, 복제 인간 등 포스트 휴먼과 사이버 스페이스 등입니다.

사이버펑크라고 하면 가장 먼저 떠오르는 아주 유명한 작품이 있습니다. 영화 〈블레이드 러너〉입니다. 리들리 스콧 감독의 〈블레이드 러너〉는 필립 K. 딕의 『안드로이드는 전기양의 꿈을 꾸는가?』를 원작으로 한 영화입니다. 2017년에는 드니 빌뇌브 감독의 〈블레이드 러너 2049〉가 나오기도 했습니다. 〈공각기동대〉, 〈매트릭스〉, 〈토탈 리콜〉도 사이버펑크로 분류할 수 있습니다. 〈레디 플레이어 원〉 같은 가상 현실 작품도 사이버펑크적인 요소를 갖고 있지요. 넷플릭스 드라마 〈얼터드 카본〉도요.

전통적인 사이버펑크에서 흔히 떠오르는 이미지는 네온 간판이 번쩍이는 홍등가, 비 내리는 거리, 기다란 코트 자락을 휘날리는 남자 주인공입니다. 이런 요소를 갖춘 사이버펑크는 1990년대에 정점에 올랐다가 2000년대에 들어서며 쇠락의 길을 걷기 시작합니다. 그렇지만 가상 현실 등 사이버펑크적인 요소는 여전히 많은 영화에 등장하지요. 2021년에는 '메타버스'라는 용어를 처음 사용한 『스노 크래시』가 주목을 받으며 재출간되기도 했습니다.

1974년에 휴고상을 수상하고 같은 해 네뷸러상과 로커스상에 노미네이트된 제임스 팁트리 주니어의 단편 「접속된 소녀」도 추천하고 싶은 사이버펑크 소설입니다. 가상 현실에 접속한 추한 소녀의 사랑 이야기를 통해 과학기술의 발달과 여성의 육체를 대하는 대중의 시각을 서늘하게 비판합니다. 1970년대, 인터넷도 없던 시대에 이런 작품을 쓴 걸 보면 팁트리는, 그리고 SF 작가들은 미래에서 왔거나 외계인인 게 아닐까요?

기술과 인간 사이에는 어떤 문제들이 있을까, 기술이 고도로 발달한 세상에서 우리의 존재와 인간성은 어떤 의미일까. 이런 질문에 답하고 싶다면 사이버펑크 장르에 도전해 봅시다. 다만 1980년대에는 사이버펑크가 근미래의 이야기였지만, 21세기에는 현재 진행형임을 잊지 맙시다.

시간 여행time travel

인간은 후회하는 동물입니다. 결과가 좋지 않을 때마다 선택의 분기점에 되돌아가서 그때 그랬더라면…이라며 다른 인생을 꿈꿔보지만 현실은 돌이킬 수 없습니다. 내게 타임머신이 있다면, 시간을 돌리는 초능력이 있다면 얼마나 좋을까 상상만 하지요.

시간 여행은 과거로 돌아가 자신의 선택을 바꾸고 싶다는 욕망을 대리 만족하게 해주는 장르입니다. 워낙 인기가 많아서 시간 여행물을 하나의 장르라고 할 수 있을 정도예요.

시간 여행 장르의 고전격인 소설로는 허버트 조지 웰스의 『타임머신』, 옥타비아 버틀러의 『킨』, 로버트 A. 하인라인의 「너희 모든 좀비들」이라는 짧은 단편 등이 있습니다. 「너희 모든 좀비들」은 에단 호크 주연의 〈타임 패러독스〉라는 영화도로 만들어졌습니다. 머리가 빙빙 도는 타임 패러독스의 세계에 빠져보고 싶다면 꼭 읽어보세요.

시간 여행은 SF냐 아니냐로 우리를 골치 아프게 하는 장르기도 합니다. 스크루지가 꿈에서 과거, 현재, 미래를 여행하는 『크리스마스 캐럴』은 분명 SF가 아니지요. 괴짜 박사가 스포츠카를 개조해 만든 타임머신을 타고 과거로 가는 〈백 투 더 퓨처〉는 SF입니다.

그럼 옷장으로 들어가서 시간 여행을 하는 〈어바웃 타임〉은 SF일까요? 일기장을 읽으면서 과거로 가는 〈나비 효과〉는요?

사람에 따라서 엄격한 구분을 할 수도 있겠지만 저는 SF라고 생각합니다. 시간 여행을 다루는 것 자체가 일종의 사고 실험이기 때문입니다. 시간 여행을 하는 데는 일정한 법칙이 있습니다. 타임 패러독스도 일어나고, 시간 여행으로 인해 역사가 바뀔 수도 있어요. 〈어바웃 타임〉이라는 영화에서는 주인공이 사고로 죽은 동생을 살리려고 시간을 돌이키니 자신의 아기가 바뀝니다. 아기는 거의 3억 분의 1의 확률로 태어났기 때문에 과거를 바꾸는 순간 같은 아기가 태어날 수 없게 되는 것이지요.

시간 여행의 패턴은 대략 네 가지 — 타임 워프, 타임 슬립, 타임 리프, 타임 루프 — 로 분류할 수 있습니다.

• 타임 워프time warp

warp는 뒤틀린다는 뜻입니다. 즉, 타임 워프란 시간이 왜곡되어 과거나 미래의 일이 현재에 뒤섞여 나타나는 것입니다. 미래나 과거로 '이동'하는 타임 슬립이나 타임 리프와 달리 현재를 중심으로 과거나 미래의 일들이 영향을 미칩니다. 백문이 불여일견, 타임 워프 영화 〈프리퀀시〉의 예를 살펴보겠습니다.

영화 〈프리퀀시〉에서는 주인공 존이 무선 라디오를 통해 30년 전의 아버지와 연결됩니다. 소방대원인 아버지는 그해 화재 사고 현장에서 목숨을 잃었는데요. 존은 아버지의 죽음을 미리 경고해 그를 살립니다. 그러나 기쁨도 잠시, 바뀐 과거로 인해 연쇄 살인이 일어나고 희생자 중에는 존의 엄마도 있습니다. 존과 아버지는 오직 무선 통신만으로 살인을 막아야만 합니다. 아무리 다급한 상황이라도 타임 워프의 주인공은 과거나 미래로 이동할 수 없습니다. 현재에 머물러 있으면서 사건을 해결해야 하지요.

타임 워프물의 예시로는 드라마 〈시그널〉, 영화 〈시월애〉, 〈동감〉, 〈더 폰〉 등이 있습니다.

• 타임 슬립time slip

타임 슬립은 말 그대로 미끄러지듯 시간 이동을 하는 것입니다. 자기의 의지와 관계없이 초자연적인 힘이나 특별한 매개체에 의해 이동할 때 주로 타임 슬립이라는 말을 씁니다.

타임 슬립의 가장 큰 특징은 '의식의 이동'에 있습니다. 타임머신을 타고 시간 여행을 떠나면 현재의 나, 즉 내 육체가 과거로 이동하게 됩니다. 과거에서 '과거의 나'와 마주칠 수 있지요. 그러나 타임 슬립에서는 나의 의식이 과거의 내 육체 안에 들어가게 되는 것입니다. 타임머신과 같은 기술적 매개물은 필요 없고, 500원짜리 동전이나 결혼반지 등 상징적 매개물이 등장하는 경우가 많아요.

타임 슬립물로는 드라마 〈고백부부〉, 〈아는 와이프〉, 영화 〈미드나잇 인 파리〉 등의 작품이 있습니다.

• 타임 리프time leap

leap, 훌쩍 뛴다는 의미입니다. 타임 슬립과의 차이점은 자신이 원하는 시점으로 갈 수 있다는 것, 즉 자신의 의지가 개입된다는 것입니다. 대표적으로 애니메이션 〈시간을 달리는 소녀〉가 있습니다. 기욤 뮈소의 『당신, 거기 있어줄래요?』와 영화 <어바웃 타임>, 드라마 〈나인〉도 대표적인 타임 리프물입니다.

타임 리프도 타임 슬립과 마찬가지로 기술적 매개물 없이 과거와 현재로의 이동이 가능합니다. 『당신, 거기 있어줄래요?』에서는 알약이, <어바웃 타임>에서는 옷장이, 드라마 〈나인〉에서는 신비한 향이 매개물의 역할을 합니다.

• 타임 루프time Loop

loop, 고리라는 의미처럼 같은 시간 속에서 돌고 도는 이야기입니다. 타임 루프는 특정 지점에서 어떤 사건이 발생하고 진행되다가 리셋되는 이야기로 게임과 같은 형태를 지닙니다.(타임 루프 속 주인공은 자신이 루프하는 사실을 기억하거나 혹은 기억하지 못합니다. 기억 여부에 따라 서사의 방향이 달라지겠지요.) 루프물은 자칫 반복으로 인해 이야기가 지루해질 수 있다는 약점이 있으므로 그 부분을 어떻게 변주할지에 대한 고민이 있어야 하겠습니다.

대표적인 타임 루프물로는 SF 색채가 강한 〈엣지 오브 투모로우〉[1]와 〈소스 코드〉, 생일날 살인자에게 계속해서 죽임을 당하는 〈해피 데스데이〉, 호화 유람선 안에서 일어나는 반복적인 살인 사건을 그린 〈트라이앵글〉 등 호러 영화, 타임 루프의 고전인 〈사랑의 블랙홀〉, 〈이프 온리〉 등 로맨스 영화가 있습니다.

이렇게 대표적인 시간 여행의 패턴을 살펴봤습니다. 시간 여행물은 규칙에 맞춰 쓰기는 까다롭지만 과학에 대한 지식이 상대적으로 적게 요구됩니다. SF 초심자가 도전해 볼 만한 장르이지요.

대체 역사alternative history

대체 역사는 역사가 만약 지금과 다르게 흘러갔다면 어땠을까,라는 가정으로 만드는 이야기입니다. 히틀러가 전쟁을 일으키기 전에 죽었다거나, 우리나라가 분단되지 않았다거나, 조선이 멸망하지 않고 왕권이 유지되고 있다거나. 이러한 상상을 마음껏 펼칠 수 있는 장르가 대체 역사입니다.

1 사쿠라자카 히로시의 라이트 노벨 『All You Need Is Kill』이 원작입니다. 개인적으로 영화의 완성도가 훨씬 높다고 생각합니다.

가장 유명한 대체 역사물은 필립 K. 딕의 『높은 성의 사내』일 것입니다. 1962년에 발표된 이 소설은 '제2차 세계 대전에서 만약 나치 독일과 일본 제국이 승리했다면?'이라는 가정하에 주인공의 일상을 그립니다. 복거일 작가가 쓴 『비명을 찾아서』에서도 이토 히로부미가 죽지 않고 조선이 아직도 일본의 식민지인 상황을 그리고 있습니다.(작가가 서문에서 『높은 성의 사내』를 참고한 사실을 언급합니다.)

넷플릭스에는 〈러브 데스 + 로봇〉이라는 애니메이션이 있습니다. 시즌 1의 '또 다른 역사' 에피소드는 히틀러가 반복해서 죽는 상황을 코믹하게 보여줍니다.

대체 역사는 역사를 좋아하고 관심이 많은 사람도, 역사를 잘 모르는 사람도 상상력을 펼쳐 재미있게 쓸 수 있는 장르입니다. 조선에 유교 사상이 전파되지 않았다면 우리의 현재 모습은 어떨까? 고려 왕조가 멸망하지 않았다면? 등의 질문을 던져봅시다. 평소 관심이 있는 역사적 사건을 페미니즘적인 시각에서 뒤틀어 본다면 괜찮은 페미니즘 SF의 소재를 찾을 수도 있을 것입니다.

스팀펑크steampunk

1980년대 이후에 등장한 스팀펑크는 1990년대 초반 많은 인기를 끌었습니다. 스팀펑크는 대체 역사의 하위 장르라고 할 수 있는데요. 전기가 발달한 현대와 달리 증기 기관이 극도로 발달한 19세기 사회를 소재로 하기 때문입니다. '전기 대신 증기가 발달했다면'이라는 가정하게 쓰인 이야기들이죠. 스팀펑크에서는 자동차, 비행선, 자동인형, 거대 로봇들이 강력한 증기 기관으로 작동합니다.

스팀펑크의 매력은 뭐니 뭐니 해도 멋진 이미지에 있다고 할 수 있습니다. 빅토리아 시대를 배경으로 복장의 아름다움을 보는 재미도 있지요. 여자는 드레스를 입고 남자는 실크해트에 프록코트를 입은 채 허연 증기가 뿜어져 나오는 기관차에 타는데, 안에는 황동색의 로봇 차장이 걸어 다니고, 창밖에는 하늘을 나는 기계 덩어리가 보이는 식입니다.

켄 리우의 단편집 『종이 동물원』에 수록된 「즐거운 사냥을 하길」은 참고할 만한 스팀펑크 작품입니다. 19세기 미국을 배경으로 한 N. K. 제미신의 「폐수 엔진」(『검은 미래의 달까지 얼마나 걸릴까』에 수록)도 추천합니다. 독특한 세계관을 그린 차이나 미에빌의 『바스라그 연대기』를 봐도 좋습니다. 지브리 스튜디오의 애니메이션 중에서도 〈천공의 성 라퓨타〉나 〈하울의 움직이는 성〉 등 스팀펑크를 배경으로 한 작품들을 찾아볼 수 있습니다. 여러분도 증기 기관에 매력을 느낀다면 서둘러 스팀펑크 장르를 써봅시다.

초인물hero

초인물은 초인이나 초능력자가 나오는 이야기입니다. 초인물이라고 하면 단순히 슈퍼히어로 액션물을 떠올릴 수도 있겠지만 그 이면에는 다름에 대한 고민이 깔려있습니다. 초인도 결국 '남과 다른' 소수자이기 때문이지요.

엑스맨은 보통 인간을 뛰어넘는 능력이 있지만 돌연변이라는 이유로 사회에서 배척당합니다. 그 결과 인간을 미워하고 파괴하려는 매그니토 세력과 인간 사회에 어우러져 함께 살아야 한다는 자비에르 교수 세력으로 나눠집니다. 헐크는 어떤가요. 배너 박사는 헐크를 통제하기 위해 끊임없이 노력하고 고뇌합니다.

프랑켄슈타인의 이름 없는 괴물은 초인의 원조라 할 수 있습니다. 비록 모습은 흉측한 괴물이지만 고독과 싸우며 자신의 존재 이유에 대해 성찰하는 모습은 초인물에서 다루는 고민을 고스란히 담고 있습니다. "초능력을 가진 자가 모두 영웅은 아니다."라는 로그 라인을 내세운 〈크로니클〉도 추천하고 싶습니다.

랜섬 릭스의 『미스 페레그린과 이상한 아이들의 집』, 코니 윌리스의 『크로스토크』, 마리사 마이어의 『신더』도 참고해 볼 만합니다. 『신더』는 신데렐라를 SF로 변형한 이야기로 청소년들도 부담 없이 읽을 수 있는 내용입니다. 마리사 마이어는 『신더』 이외에 백설 공주, 라푼젤 등의 동화로도 새로운 이야기를 만들어냈습니다. 이처럼 기존의 동화 혹은 신화를 변형해 SF로 만드는 것도 재미있는 시도라고 생각합니다.

포스트 아포칼립스post apocalypse

아포칼립스apocalypse는 종말을 뜻합니다. 포스트 아포칼립스는 종말 이후 인류가 멸망한 암울한 세계입니다. 핵전쟁, 전염병, 운석 충돌, 자연재해 등으로 땅이 오염되고 문명사회로 돌아갈 수 없는 상황, 약간의 살아남은 인간들, 도덕과

법이 사라진 혼란스러운 사회가 그려집니다.

포스트 아포칼립스 소설로는 코맥 매카시의 『더 로드』를 추천합니다. 원작을 바탕으로 한 비고 모텐슨 주연의 영화가 있으니 같이 보는 것도 좋습니다. 윌 스미스 주연의 〈나는 전설이다〉는 리처드 매드슨의 원작과 많은 부분이 다르지만 역시 둘 다 재미있습니다. 〈설국열차〉, 〈매드맥스〉, 〈메이즈 러너〉, 〈다이버전트〉 등의 영화도 포스트 아포칼립스 장르입니다.[2]

포스트 아포칼립스 드라마로는 〈워킹 데드〉를 들 수 있겠습니다. 〈워킹 데드〉는 2010년부터 2021년까지 무려 11년 동안 통해 좀비 시리즈를 이어나가며 좀비의 대중화에 기여했지요. 〈워킹 데드〉뿐 아니라 대부분의 좀비물은 아포칼립스물입니다. 좀비 바이러스가 창궐하면 인류가 망할 수밖에 없으니까요.

사이보그cyborg, 안드로이드android, 로봇robot

사이보그와 안드로이드, 로봇 등은 SF에서 빼놓을 수 없는 소재입니다. 인공 지능과 안드로이드를 소재로 한 SF는 셀 수 없이 많습니다.

SF는 주로 미래의 이야기를 다루므로, 인공 지능이나 로봇은 다른 하위 장르에서도 종종 등장합니다. 사회의 과학 수준을 보여주는 척도 역할을 한다고 볼 수도 있지요.

여기서 잠깐, 기본적이지만 자칫하면 혼동할 수 있는 각 용어의 뜻을 확인해 보겠습니다.

사이보그는 인체의 일부분을 기계로 교체한 개조 인간을 말합니다. 대표적인 예로 로보캅이나 알리타가 있습니다.

로봇은 말 그대로 로봇, 스스로 작업하는 능력을 가진 기계입니다. 수술 로봇도 로봇이고 청소 로봇도 로봇이며 R2D2도, 월—E도 로봇입니다.

안드로이드는 인간을 닮은 로봇입니다. 영화 〈A.I〉의 주인공들은 안드로이드입니다. 〈엑스 마키나〉의 여자 주인공도 사람과 거의 구분할 수 없을 정도로 유사한 기계입니다.

2 〈설국열차〉는 뱅자맹 르그랑과 자크 로브의 만화가 원작입니다. 〈메이즈 러너〉와 〈다이버전트〉 시리즈도 원작 소설을 바탕으로 만들어졌습니다. 영화와 원작을 비교해 가며 읽는 건 재미있을 뿐 아니라 구상하는 힘을 키우는 데도 도움이 됩니다.

안드로이드는 사람처럼 보이기 때문에 감정 이입을 하기 쉽습니다. 감정 학습을 통해 진짜 감정을 갖게 되었다는 설정을 추가하는 경우도 많지요. 사람들은 왜 인간보다 더 인간적인 안드로이드의 이야기를 좋아할까요?

이 밖에도 미지의 외계 생명체와 지구가 처음으로 만나는 퍼스트 콘택트물, 자연재해를 다룬 재난물, 디스토피아/유토피아물, 괴수물 등 다양한 하위 장르가 있습니다.

지금까지 우리는 SF의 하위 장르에 관해 살펴봤습니다. 여러분도 아시겠지만 이것들은 침범할 수 없는 고유의 영역이 아닙니다. 우리가 어떤 이야기를 쓰느냐에 따라 과일 주스처럼 서로 섞일 수 있어요. 그런데 딸기와 바나나를 섞으면 맛있지만, 수박과 바나나를 섞으면 — 누군가는 좋아할 수도 있겠지만 — 아마도 이상한 맛이 날 것입니다. 그래서 장르를 융합하는 데도 기술과 연구가 필요합니다. 돌연변이가 시간 여행을 하는 이야기, 우주선에서 외계 괴물과 사투를 벌이는 이야기 등 여러분의 상상에 따라 독특하고 맛있는 레시피를 만들어 봅시다.

5장 공모전의 모든 것

01

공모전 당선 노하우

첫째, 공모전의 취지를 파악합시다.

공모전에는 반드시 목적이 있습니다. 너무나 기초적인 이야기지만 공모전에 당선되려면 목적에 맞는 작품을 써야 합니다. 설명하기 쉽도록 제가 당선된 한낙원 과학소설상의 예를 들겠습니다.

한낙원 과학소설상은 한국 아동·청소년 과학 소설의 선구자인 한낙원 선생을 기리고 과학 소설 창작을 지원하기 위해 2014년 제정되었습니다. 그러므로 모집 부문을 보면 "어린이, 청소년 단편 과학 소설"이라고 명시되어 있습니다. 한낙원 과학소설상에 응모하려면 어린이, 청소년을 대상으로 한 SF를 써야 합니다. 어린이, 청소년 대상의 작품 공모전에

성인 대상의 작품을 낸다면 그 작품이 아무리 완성도가 높고 참신하다고 해도 당선작으로 선정되지는 못합니다. 당연한 말 같지만 자기 작품에 몰입하다 보면 종종 공모전의 취지를 간과하게 되는 경우가 있으니 주의합시다.

둘째, 공모 요강을 확인합시다.

공모전에는 공모 요강이 있습니다. 공모 요강에는 접수 기간과 모집 부문, 원고 분량, 응모 자격, 응모 방법 등이 명시되어 있고 시상 내용과 발표일도 나와 있습니다. 자신이 도전하기로 한 공모전의 접수 기간과 원고 분량을 확실히 숙지합시다. 작가 지망생 시절에는 여러 공모에 응모하기 때문에 자칫 잘못하다가 기한을 놓치는 일도 드물지 않습니다. 또한 우편으로 접수하는 경우, 마감일 도착분까지만 인정해 주는지 마감일 소인 유효인지도 살펴봐야 합니다.

저는 마감일에 맞춰 직접 원고를 들고 접수처를 찾아간 적도 있지만, 대면 접수는 하지 않고 우편으로만 받는 곳도 있으니 유의합시다. 그에 비해 온라인 접수는 훨씬 수월합니다. 그러나 온라인으로 접수할 때도 주의할 점이 있습니다. 마감 당일, 마감 시간이 임박해 접수하는 지원자가 폭주하면 자칫 서버 오류가 발생하는 경우가 있습니다. 온라인 접수일 경우에는 되도록 2~3일 전, 정 어렵다면 전날까지 접수하는 것이 안전합니다.

공모 요강에서 모집 부문이나 공모 기간 다음으로 중요한 건 원고 분량입니다. 공모전마다 요구하는 원고량이 다르므로 미리 염두에 두고 구상을 해야 합니다. 시놉시스나 플롯을 짜면서 원고 분량을 가늠해 보는 것도 좋습니다.

마지막으로 응모 방법을 꼼꼼하게 확인해야 합니다. 한글 파일로 보내야 하는지 PDF로 변환해야 하는지, 파일 이름은 어떻게 해야 하는지 공모 요강에 나와 있으므로 잘 살펴보고 원하는 양식에 맞춰 보내야 합니다. 사소한 실수로 인해 피땀 흘려 쓴 소중한 원고가 심사 위원에게 읽히지 않는다면 큰일이니까요.

셋째, 지난 회 당선작을 분석합시다.

공모전에 도전할 계획이라면 지난 회 당선작을 보아야 합니다. 제5회 한낙원 과학소설상에 응모하기로 마음먹은 다음

제가 가장 먼저 한 일은 도서관에 가서 1회부터 3회까지의 수상 작품집을 대출한 것입니다.(4회 작품집은 출간 전이라 볼 수가 없었습니다.) 각 작품집에는 수상작뿐 아니라 수상 작가의 신작과 우수 응모작들이 수록되어 있었습니다. 저는 모든 작품을 빠짐없이 읽고 나름대로 분석했습니다. 각각의 작품의 매력이 무엇인지, 수상작과 다른 우수 응모작의 차별점은 무엇인지 꼼꼼히 살펴보고 작가의 말과 심사 평도 차근차근 읽어봤습니다. 특히 심사 평을 읽다 보면 행간에서 공모전이 원하는 작품이 어떤 것인지 짐작할 수 있습니다. 그런데 5회째 열리는 공모전이라면 저처럼 기존 작품을 전부 살펴보는 일이 가능하겠지만 59회쯤 된다면 어려울 수도 있습니다. 그럴 때는 최근 5년간의 당선작과 더불어, 가장 많이 팔린 작품 순서대로 골라 읽는 것을 권합니다. 독자들에게 사랑받는 작품에는 이유가 있을 테니까요.

넷째, 어떤 소재로 쓸지 정합시다.

이제 지난 회 당선작의 분석을 마쳤습니다. 지금부터는 무슨 이야기를 쓸지 고민할 차례입니다.

소재는 지난 당선작들과 겹치지 않는 편이 좋습니다. 부득이하게 겹치는 소재를 쓰고 싶다면, 소재는 비슷해도 완전히 다른 이야기라는 느낌이 나도록 씁시다.

오래 이어져 온 공모전이라면 어쩔 수 없이 소재가 겹칠 수가 있습니다. 그런 경우라도 최근 5년간의 당선작이나 초대형 히트작과는 겹치지 않도록 합시다. 심사 위원들이 '○○○랑 비슷한데.'라는 느낌을 받으면 마이너스 요소가 될 수 있습니다.

공모전의 성격에 따라 다르겠지만 되도록 시의성을 반영한 소재로 쓰는 것도 좋습니다. 공모전의 취지에만 맞는다면 자신이 오랫동안 마음속에 품었던 잘 익은 소재로 쓰는 것도 좋겠지요.

다섯째, 첫 문장과 첫 단락에 공을 들입시다.

첫 문장이 얼마나 중요한지는 다들 알고 있을 것입니다. 비단 공모전뿐 아니라 모든 작품에서 첫 문장은 작품의 운명을 좌우합니다. 요즘 온라인 서점에서는 미리보기 서비스 이외에 첫 문장만 따로 보여주기도 합니다. 첫 문장이 매력적이면 장바구니에 담길 확률이 높습니다.

소설에서의 첫 문장은 인간관계에서의 첫인상보다 훨씬 중요합니다. 사람과 사람의 만남에서는 첫인상이 나쁘더라도 만회할 기회가 주어질 수 있지만, 독자들은 첫 문장이 마음에 안 들면 그 책을, 혹은 그 작품을 외면하고 두 번 다시 보지 않을 테니까요.

공모전의 심사 위원들은 어떻게 할까요? 심사 위원들은 내 작품 말고도 수십, 수백 개의 작품을 읽어야 합니다. 작품의 수가 많은 예심에서는 좋은 작품을 '솎아 내야' 하는 피로가 더욱 심합니다. 특히 응모작이 천 단위를 넘는 공모전의 예심에서는 첫 장만 보고 판가름을 내는 경우도 있다고 합니다. 첫 문장, 첫 단락, 첫 장에 당신의 모든 것을 갈아 넣을 각오로 공모전에 임합시다.

여섯째, 결말을 잘 마무리합시다.

첫 단락에 갈아 넣느라 이미 체력을 소진했다고요? 아니 될 말씀. 삼계탕을 먹든, 비타민 주사를 맞든, 십전대보탕을 마시든 일단 원기를 회복합시다. 당신은 아직 가야 할 길이 멉니다. 하지만 시작이 좋다면 중간 부분은 저절로라는 생각이 들 정도로 잘 풀려나갈 테니 너무 걱정하지 맙시다. 대부분의 작가가 중반부까지는 별 어려움 없이 진도를 나갑니다. 문제는 결말입니다. 본심에는 올라갔지만 수상을 하지 못한 작품들의 심사 평 중에 단골로 등장하는 멘트가 있습니다. 바로 "결말이 아쉽다."라는 것입니다.

결말이 아쉬운 작품은 시간 분배에 실패했을 확률이 높습니다. 초반에 너무 공을 들이느라 뒷부분을 고민할 시간이 모자랐던 것입니다. 마감 시간에 쫓겨 이번에는 공모전 응모하는 데 의의를 두자며 제출했는데 본선에 올라갔다니! 너무 아까워 밤잠이 오지 않는 사태가 일어나서야 되겠습니까. 게다가 이런 작품은 앞부분이 훌륭한 만큼 오히려 뒷부분의 허술함이 약점으로 드러나게 됩니다. 그러니 결말까지 잘 마무리하기 위해서 충분한 시간을 갖고 미리미리 준비하는 편이 좋습니다.

가끔 수상 소감에 보면 "이 소설을 쓰는 데 한 달이 걸렸다."(심지어 장편인데!)라고 하는 작가들이 있습니다. 그런 특출난 작가들을 보면 몹시 부럽지만, 비교는 금물입니다. 글쓰기는 단거리 달리기가 아닙니다. 순위 따위는 상관없이 자기만의 속도로 완주하는 마라톤에 더 가깝지요.

일곱째, 매력적인 제목을 지읍시다.

첫 문장이 첫인상보다 중요하다면 제목은 사람의 이름보다 중요합니다. 부르기 쉽고 좋은 뜻을 가진 이름은 사람들에게 호감을 불러일으키지만 이름에 의해 그 사람에 대한 평가가 좌지우지되는 것은 아닙니다. 다소 촌스러운(?) 이름을 가졌더라도 이름과 달리 세련된 분위기를 풍기는 사람이 있는가 하면, 이름은 아주 평범한데 극악무도한 범죄자도 있게 마련입니다.

제목은 다릅니다. 제목에 의해 그 작품이 크게 좌우됩니다. 베스트셀러 중에 간혹 이 작품은 제목이 다했네,라는 평가를 받는 경우를 봅니다. 제목도 좋고 내용도 좋다면 더할 나위 없겠지만, 설령 제목만 좋다는 말을 듣더라도 제목은 온 힘을 다해 지어야 합니다.

여덟째, 독창성으로 승부합시다.

공모전에서 본심까지 올라갔다면, 그 작품들 중 어떤 작품이 당선되어도 부족함이 없다고 할 수 있습니다. 하지만 심사 위원의 역할은 준수한 작품 속에서 빼어난 작품 하나를 고르는 일입니다. 그리고 그 과정은 절대 쉽지 않습니다. 심사 위원들도 사람이고, 사람은 저마다의 취향이 있는 법이니까요.(어떤 작품은 군계일학 수준이라 만장일치로 뽑는 경우도 드물지는 않다고 합니다.)

기나긴 토의를 거쳐 A, B 두 작품이 남았다고 가정해 봅시다. A는 완성도 면에서 100점을 줄 수 있습니다. 문장도 안정적이고 구성도 탄탄합니다. 하지만 어디라고 딱 꼬집어 말할 수는 없어도 어디선가 본 듯한 기시감이 듭니다. 익숙한 느낌입니다.

B는 완성도 면에서 A보다 떨어집니다. 물론 A와 비교해 떨어진다는 말입니다. 본심에 올랐다면 기본적인 완성도는 갖추고 있을 테니까요. 그러나 독창적이고 신선합니다. 말로 표현하기 힘든 매력이 있습니다.

당신이 심사 위원이라도 B를 선택하지 않을까요? 창조하는 작업에서 독창성은 필수적인 요소입니다. 수많은 작품

속에서 두드러져야 하는 공모전이라면 독창성은 더욱 중요합니다.

아홉째, 주제가 뚜렷해야 합니다.

작가들은 주제라는 단어 앞에서 긴장하고 위축되는 경향이 있습니다. 아마도 학창 시절에 국어 시험에서 "이 글의 주제는 무엇인가?" 같은 문제를 종종 맞닥뜨렸기 때문이 아닐까요? 그러나 주제는 거창한 것이 아닙니다. 작가가 작품을 통해서 하고 싶은 말, 그것이 바로 주제입니다. 고대 소설에서는 권선징악을 말하고, 개화기 소설에는 계몽적인 성향의 주제가 많지만 현대는 다양성의 시대입니다. 작가가 나쁜 놈도 잘 먹고 잘 살 수 있다,라는 말을 하고 싶다면 그게 주제입니다. 왜 그런 주제의 이야기를 하는지 설득할 수 있다면 심사 위원의 마음도 사로잡을 수 있을 것입니다.

주제가 뚜렷하면 이야기의 전반적인 내용이 잘 전달됩니다. 하지만 주제가 드러나지 않으면 작품을 끝까지 읽어봐도 무슨 소리인지 도무지 알 수가 없습니다. 작가조차 자신이 하고자 하는 말이 무엇인지 모르는데, 독자가 그걸 알아들을 수 있다면 기적입니다.

작품을 쓰기 전에 눈을 감고 천천히 심호흡하면서 내가 하고 싶은 말이 무엇인지 그려봅시다. 될 수 있으면 한 문장으로 생각해 보면 좋겠습니다. 어쩌면 로그 라인이 될 수도 있겠고, 로그 라인과는 조금 차이가 있을 수도 있겠지요.

열째, 선택과 집중이 필요합니다.

모든 일이 그러하듯 공모전에도 선택과 집중이 필요합니다. 작가 지망생들은 종종 자기가 감당할 수 없을 정도의 목표를 세웁니다. 적절한 욕심은 글을 쓰는 데 중요한 원동력이 되기도 합니다. 공모전을 마감 삼아 작품의 수를 늘려나가는 것도 좋습니다. 그러나 과한 욕심은 금물.

도전하고 싶은 공모전이 두 개 있다고 가정해 봅시다. 공교롭게도 마감일이 겹칩니다. 설상가상 남은 기간은 한 달뿐. 지금 있는 작품을 다듬으면 두 개의 공모전에 다 낼 수 있을 것 같습니다. 결론부터 말씀드리자면 그러지 말라고 말하고 싶습니다. 당신이 퀵실버가 아닌 이상 두 마리 토끼를 다 잡을 수 없는 것과 마찬가지입니다. 둘 중에 하나만 골라서 집중합시다.

두 공모전의 요강을 다시 한번 살펴보고 어떤 곳이 더 가능성이 있을지, 혹은 자신이 어떤 곳을 더 선호하는지 진지하게 고민해 봅시다. 선택의 기준은 주관하는 출판사가 될 수도 있고, 장르가 될 수도 있고, 공모전의 대상 독자, 즉 어린이 문학이냐 성인 문학이냐가 될 수도 있습니다.

그렇게 기준을 정한 다음 한 군데를 목표로 집중해서 준비합시다. 인간은 AI가 아닙니다. 인간의 능력에는 한계가 있고 우리는 그 한계 안에서 최선의 결과물을 만들어 내야 합니다. 대충 넘어가는 일은 없습니다. 내가 부족하다고 생각하는 부분은 다른 사람이 볼 때도 부족하다는 것을 잊지 말아야 합니다.

끝으로 하나 더, 공모 요강 아래에 단골로 들어가는 문구가 있습니다. 중복 투고를 하지 말라는 것입니다. 글쓰기 카페에 들어가 보면 "중복 투고를 해도 될까요?"라는 문의가 심심치 않게 눈에 띕니다. 연애에서도, 공모전에서도 양다리는 안 됩니다. 실제로 주변에서 중복 투고를 하다가 수상이 취소된 경우도 적지 않게 봐 왔습니다. 내 작품이 좋다면 내가 낸 그곳에서 뽑힐 것입니다. 내 작품의 능력을 믿어 줍시다.

02

공모전 후 멘털 관리

첫째, 망각의 시간을 가집시다.

공모전에 메일을 보냈건 온라인 접수를 했건 혹은 우편을 보냈건, 주최 측에 완성된 원고를 보냈다면 한숨을 돌릴 시간입니다. 달콤한 마카롱이나 치킨 한 마리, 그동안 보지 못했던 영화로 고생한 자신에게 작은 상을 주는 것도 좋습니다.

이제 발표를 기다릴 일만 남았습니다. 그러나 당신의 할 일은 '기다리는' 일이 아닙니다. 공모전 사이트에 들어가 발표일을 몇 번씩 확인하고, 공식 발표일 열흘 전부터 전전긍긍하며 기다리지 말라는 의미입니다. 시간 낭비일 뿐이니까요. (알면서도 저도 매번 반복하게 되지만) 응모를 마쳤다면 최대한 잊어버리도록 노력합시다. 잊어버리고 있어도 당선이 되면 연락이 옵니다. 내가 아등바등한다고 오지 않을 연락이 오는 것도, 내가 에헤라디야 신선놀음을 하고 있다고 올 연락이 오지 않는 것도 아니니 걱정하지 맙시다. 응모했으면 그 공모전에 대해서는 잊어버리는 게 답입니다. 그리고 에너지를 모아 새로운 작품을 씁시다.

둘째, 니가 이기나 내가 이기나.

공모전에 떨어졌다면, 좌절합시다.

좌절하지 말라고 하지는 않겠습니다. 공모전에 떨어졌는데 어떻게 아무렇지도 않겠습니까. 대신 포기하지는 맙시다. 내가 도전한 공모전은 올해만 하고 끝나는 공모전이 아닙니다. 내년에도 기회의 문은 열립니다. 그때 또 도전하면 됩니다. 네가 이기나 내가 이기나 어디 될 때까지 해 보자는 마음으로 소매를 걷어 올리고 도전합시다. 칠전팔기라는 말도 있지만 이런 자세로 재도전한다면 일곱 번이 되기 전에 당선될 것입니다.

단, 같은 작품으로 같은 공모전에 응모하는 건 권하고 싶지 않습니다. 물론 잘 수정한다면 가능성이 있습니다. 모 공모전의 수상 작가는 전해에 본심에 올라갔는데, 심사 평에서 아쉽다고 언급된 부분을 완벽하게 고쳐서 다음 해에 당선됐다고 합니다. 그러나 심사 위원들은 의외로 기억력이 좋습니다. 작년에 본 이야기를 다시 보는 것보다는 새로운 이야기를 보고 싶어 합니다. 어떤 심사 위원은 매해 같은 작품을 수정 제출하는 응모자를 보며 '이 사람은 작품이 이것뿐인가?'라는 생각을 했다고 합니다. 어디까지나 그 사람 개인의 의견일 수 있지만 저 역시 새로운 작품을 쓸 수 있다면 새 작품을 쓰는 편이 낫다고 말하고 싶습니다.

셋째, 비교는 금물!

작가 지망생들의 마음은 조급합니다. 주변에서 누가 당선됐다는 말을 들으면 더욱 조급해집니다. 당선된 친구가 나랑 비슷한 시기에 글을 쓰기 시작했거나, 나랑 실력이 비등비등하다면 더더욱 그렇습니다. 하지만 비교는 금물! 잘나가는 누군가와 비교하기 시작하는 순간 전의가 상실됩니다. 뇌가 해파리처럼 흐물거리며 무기력 상태에 빠집니다. 이건 누군가가 당신에게 파놓은 함정이 아닙니다. 당신이 스스로 파고 들어간 구덩이입니다. 구덩이 속에서 세월을 낭비하지 맙시다. 당신의 시간은 일분일초가 소중하니까요.

또 하나, 주변 사람이 잘됐을 때는 축하해 줍시다. 조금 배가 아플지는 몰라도 진심으로 축하해 주는 것이 좋습니다. 질투의 감정에 휩싸이는 것도 에너지를 낭비하는 일입니다. 우리는 글을 쓰는 사람들이기 때문에 마음의 평정이 무엇보다 중요합니다. 그래도 질투가 나면 배 아파하는 시간을 가져도 좋지만 너무 오래 끌고 가지는 맙시다. 잘 털어내지지 않는다고요? 무조건 노트북 앞에 앉아서 자판을 두드립시다. 아무 말 대잔치를 벌여봅시다. 자신의 감정을 글로 쏟아내다 보면 어느새 분노는 사라지고 새로운 글을 쓰고 싶은 마음이 솟구치는 당신과 마주하게 될 것입니다.

자, 새 문서를 열고 당신의 세계를 탐험합시다. 주인공의 대사를 타이핑하며 은근한 미소가 지어진다고요? 적이 휘두르는 레이저 검에 스친 머리카락이 타는 냄새가 코끝에 맴도는 것 같다고요? 그렇다면 기대해도 좋습니다. 다음은 당신이 당선될 차례입니다.

많은 작가 지망생이 자신의 재능을 의심합니다. 그리고 글쓰기 수업에서 강사에게 물어보기도 합니다. "선생님, 저는 재능이 있을까요?" 이 질문에 저는 "네, 재능이 있습니다." 라고 자신 있게 대답할 수 있습니다.

글을 쓰기로 마음먹은 사람들, 글 쓰고 싶은 사람들은 다 재능이 있으니까요. 재능이 없는 사람들은 글 쓰고 싶다는 생각 자체를 하지 않습니다. 그러나 내가 노력하는 데 비해 결과가 안 나오는 것 같다고 조급해할 필요는 없습니다. 글쓰기는 외국어 공부랑 비슷해서 쓰다 보면 어느 순간 계단식으로 확 늘게 됩니다. 그러니까 각자 시기의 차이가 있을 뿐, 포기하지 않고 쓰는 사람은 100% 잘됩니다. 대부분 98%까지 갔다가 포기하니까 안되는 것입니다.

자신의 재능을 의심하지 맙시다. 초조해하지 맙시다. 이런 말 한마디로 여러분의 불안이 사라지지는 않을 것입니다. 저도 잘 알고 있습니다. 글이라는 건 국가 자격증 시험처럼 내가 이만큼 공부하고 외우면 패스할 수 있는 게 아니라 심사 위원의 주관적인 선택을 받아야 하는 영역이니까요.(요즘은 텀블벅이나 독립 출판, 플랫폼 연재 등 공모전이 아닌 루트를 통해서도 작가가 될 수 있지만 그런 경우에도 역시 독자의 선택을 받아야 합니다.)

나만 유난히 운이 따라주지 않는 것 같다. 시간만 낭비하고 노력이 보상받지 못할 수도 있다. 이런 생각에 답답하고 초조할 수 있습니다. 데뷔 전에는 데뷔하고 싶은 마음으로 초조하지만, 데뷔하고 작가가 되고 나서도 초조함이 사라지지는 않습니다. 그래서 초조해하지 말라는 말보다 초조함에 몸을 맡기고 계속 쓰는 수밖에 없다는 말이 더 현실적으로 느껴집니다. 작가란 불안의 바다에서 허우적대면서도 그 바다를 사랑할 수밖에 없는 운명을 타고난 존재니까요.

2부

페미니즘 SF에 관하여

1장 페미니즘과 SF

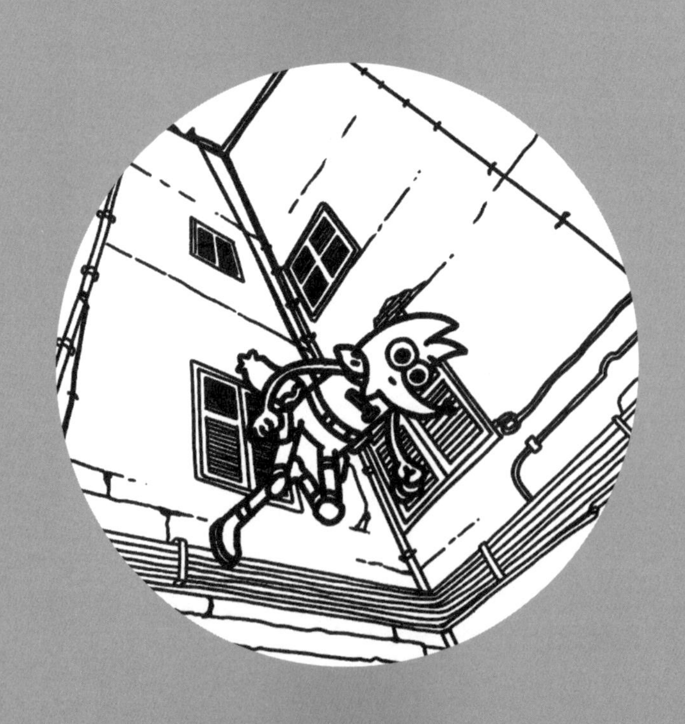

01

페미니즘 SF의 시대

저는 요즘, 여성 주인공이 등장하는 이야기를 주로 쓰고 있습니다. 하지만 습작 시절과 데뷔 초기에만 해도 그렇지 않았어요. 특히 습작 시절에는 로맨스를 쓸 때를 제외하고는 항상 남성 주인공으로 글을 썼습니다. 다른 작가들을 만나면 남자 작가인 줄 알았다는 말을 종종 듣기도 했어요. 그래서 저는 여성이지만 남성 화자가 더 맞는 게 아닐까 하는 생각을 한 적도 있습니다. 호러 장르를 주로 썼던 것도 이유겠지요.

나중에 돌이켜보니 저는 그저 남성 화자에 익숙했던 것뿐이었습니다. 그때까지 읽은 소설의 주인공들이 대부분 남자였으니까요. 추리 소설을 좋아해서 편식이 아닌 편독을 하다 보니 여성이 주인공인 소설을 접할 기회가 드물었던 것이죠.

그러던 어느 날, 저를 눈뜨게 하는 사건이 찾아옵니다. 남성이 화자인 남성 작가의 단편 소설을 읽었는데요. 남자만이 그릴 수 있을 법한 특정한 심리묘사가 나왔어요. 그걸 보면서 아, 여자인 내가 알지 못하는 남자의 심리가 있겠구나, 하는 느낌을 받았는데요. 다음 순간, 부풀어 오른 풍선이 터지는 것처럼 팡, 머리가 깨인 거예요.

왜 내가 남자의 심리를 알아야 하지? 난 여잔데? 여자가 주인공인 얘기를 쓰면 되잖아!

그렇게 저의 여성 주인공 시대가 시작됐습니다. 그 이후로 저는 특별한 일이 없으면 여성이 주인공인 이야기를 쓰고 있어요. 물론 여성 작가가 쓴 글을 더 많이 읽고요. 그렇게 저는 여성들의 이야기에 빠져들었고, 페미니즘 SF에 관심을 갖게 됐습니다.

얼마 전에는 〈블랙 위도우〉를 봤습니다. 마블 시네마틱 유니버스에 등장하는 '어벤져스'의 멤버인 나타샤 로마노프를 주인공으로 한 영화입니다. 우리에게는 스칼렛 요한슨이라는 배우로 더 친숙하죠. 영화 속에서는 나타샤가 어릴 때

헤어진 동생 엘레나와 엄마가 나오고, 힘만 센 아빠는 코미디 담당이라고 해도 좋을 만큼 부수적인 역할을 맡습니다. 멍청한 악당을 제외하고 조연들도 전부 여성입니다.

영화를 보는 내내 저는 내내 요즘 아이들이 부러웠습니다. 화면을 가득 채우는 여성 영웅의 화려한 액션을 보고 자란 아이들은 남성 영웅에 여성 캐릭터는 보조적인 존재로 나오는 영화를 보고 자란 저와는 확실히 다른 사고를 할 수 있을 테니까요. 개인적으로는 오프닝 시퀀스에 등장한 OST에 감탄하기도 했어요. 너바나의 〈Smells like teen spirit〉을 Malie J라는 가수가 리메이크해서 부르는데, 이 노래는 제 안에 남아 있던 고정 관념을 와장창 깨뜨려 버렸지요. 1990년대의 저는 얼터너티브 록에 미쳐 있었고, 당연히 너바나도 좋아했습니다. 그리고 〈Smells like teen spirit〉은 오직 커트 코베인만이 멋지게 부를 수 있다고 믿었어요. 그런데 Malie J라는 여성 보컬이 차분하고 어두운 분위기로 재해석한 곡은 커트 코베인의 원곡과는 또 다른 차원의 멋짐을 뿜어내고 있었습니다. 영화의 장면들과 잘 어우러짐은 두말할 것도 없었지요.

다소 촘촘하지 못한 서사나 부실한 악당에 대한 문제는

제쳐두고, 저는 이런 영화가 더욱 많이 나와야 한다고 생각합니다. 물론 〈블랙 위도우〉 전에도 〈캡틴 마블〉과 〈원더우먼〉이 있었지만요.

아직은 미흡한 부분이 있지만 저는 페미니즘 SF의 시대가 왔다고 말하고 싶습니다. 우리가 바라는 것보다는 느리지만 세상은 변하고 있습니다. 사람의 타고난 성향은 잘 변하지 않지요. 하지만 사람의 생각은 변할 수 있습니다. 세상이 바뀜에 따라 생각이 달라지고, 달라진 생각은 행동의 변화를 가져옵니다. 저는 여성 영웅을 보고 자란 세대가 지금보다 더 나은 세상에서 살게 될 거란 믿음을 갖고 있어요.

페미니즘 SF는 할리우드 영화뿐 아니라 국내 SF에서도 강세를 보이는 추세입니다. 김초엽의 『우리가 빛의 속도로 갈 수 없다면』, 김보영의 『얼마나 닮았는가』, 정보라의 『저주토끼』, 여성 작가 열 명의 작품을 실은 『여성작가 SF 단편모음집』 등은 페미니즘 SF와 맞닿아 있는 작품들입니다. 『여성작가 SF 단편모음집』에는 저도 참여했는데요. 책을 엮을 때 주제나 내용에 상관없이 작가가 여성인 것만을 기준으로 삼았습니다. SF 칼럼니스트인 심완선 씨는 에세이 『SF는 정말 끝내주는데』에서 이 작품집에 대해 이렇게 말합니다.

주제별로 엮은 단편집에 비하면, 그녀들의 글쓰기는 한 권으로 묶어두기에는 들쭉날쭉하지만, 그러하기에 오히려 동시대 한국 여성 작가의 SF를 광범위하게 포괄한다고 볼 수 있다.[1]

그렇습니다. 여성 작가들은 여성적인 글을 쓰지 않습니다. 솔직히 저는 여성적인 것이 무엇인지 잘 모르겠습니다. 모든 작가는 그저 인간적인 글을 쓸 뿐이니까요.

1 심완선, 『SF는 정말 끝내주는데』, 에이플랫, 2020년, 27쪽.

02

페미니즘 SF란 무엇인가

페미니즘 SF의 주제

페미니즘 SF는 SF라는 문학 형식을 통해 페미니즘과 관련된 문제를 다루는 작품을 말합니다. 페미니스트 SF라고도 부릅니다.

페미니즘 SF에서는 젠더, 성평등, 섹슈얼리티, 가부장적 억압의 철폐 등에 대해 주로 다룹니다. 성차별이 없는 세계 혹은 젠더를 초월하는 세계를 그려냄으로써 페미니즘 사상의 매개체 역할을 하지요. 여성 영웅을 이야기하기도 하고, 성 정체성에 대한 질문을 던지기도 합니다. 유토피아나 디스토피아도 자주 등장합니다. 페미니즘 SF에서 그리는 유토피아는 종종 단일 성별, 즉 여성으로만 이뤄집니다. 살롯 퍼킨스 길먼의 『허랜드』나 제임스 팁트리 주니어의 「휴스턴, 휴스턴, 들리는가?」, 조애나 러스의 「그들이 돌아온다고 해도」는 — 세부 설정에는 차이가 있지만 — 여성들만이 살아가는 세상을 배경으로 합니다. 반면에 마거릿 애트우드의 『시녀 이야기』는 암울한 디스토피아를 그려냄으로써 우리가 추구할 이상적인 사회란 무엇인가를 역설적으로 보여줍니다.

최초의 SF 작가는 여성

최초의 SF는 1818년 메리 셸리가 쓴 『프랑켄슈타인』입니다. (프랑켄슈타인이 괴물의 이름이 아니라 괴물을 만든 과학자의 이름이라는 건 대부분 알고 계시겠지요.) 메리 셸리는 어떻게 프랑켄슈타인을 쓰게 되었을까요?

1816년 폭풍우가 몰아치는 밤, 스위스의 제네바 근처에 네 사람이 모여 있었습니다. 시인 바이런과 그의 주치의, 그리고 아직 열아홉 살이었던 메리 고드윈과 훗날 그의 남편이 된 퍼시 셸리였습니다. 세찬 비바람으로 발이 묶인 넷은 벽난로의 이글거리는 불꽃을 보며 무서운 이야기를 만들어 보자는 내기를 합니다. 그들이 그날 밤 무슨 얘기를 나눴는지는 알 수 없습니다만, 메리 고드윈은 잠자리에 들기 전 프랑켄슈타인의 모티브가 되는 환영을 보았다고 합니다. 잠이 들락 말락 할 때 꿈과 현실의 경계에서 본 이미지가 아니었을까요. 환영의 정체가 무엇이었든 메리는 그 강렬한 이미지를 소설로 쓰기 시작했습니다. 그리고 2년 후, 익명으로 발표했습니다.

이렇게 탄생한 『프랑켄슈타인』은 연극으로 만들어질 정도로 대중에게 큰 인기를 끌었지만 평단의 반응은 그리 좋지 않았습니다. 게다가 작가가 어린 여성이라는 사실이 밝혀지고 나서 '어린 여성의 병적인 상상력'이라는 말로 폄하되기도 했지요.

많은 시간이 흐르고 SF가 유행하는 시대에 이르러서야 사람들은 메리 셸리의 『프랑켄슈타인』이 SF의 효시라는 사실을 알게 됩니다. 이 소설은 과학적 지식과 생명에 대한 탐색, 종교와 철학, 사회에 대한 포괄적인 고민을 담고 있어요. 또한 새로운 생명의 무성 창조에 대한 이야기를 다루고 있습니다. 영웅이 나타나 전쟁을 하고 생명을 죽이는 이야기를 쓰던 당시의 남성 작가들과 대비되는 지점입니다.

참고로 덧붙이자면 메리 셸리는 메리 울스턴크래프트

의 딸입니다. 메리 울스턴크래프트는 19세기 영국의 작가이자 여권 신장론자였습니다. 메리 울스턴크래프트는 여성이 남성의 소유물로 여겨졌던 시대에 여성도 인간이며 당연히 누려야 할 인권이 있음을 주장한 최초의 사람입니다. 안타깝게도 울스턴크래프트는 메리 셸리를 낳고 사망했지만, 어머니의 사상과 철학은 고스란히 딸에게 이어진 것 같아요.

페미니즘 SF의 역사

최초의 SF 작가가 여성이었음에도 SF는 오랫동안 백인 남성의 전유물이었습니다. 백인 남성이 쓰고, 백인 남성이 읽었지요. 그들은 질 나쁜 종이로 만든 잡지에 실린 펄프 픽션[2]으로 SF를 접했습니다. 1920년대부터 인기를 끌기 시작한 펄프 매거진에는 SF뿐 아니라 호러, 미스터리, 판타지 등 여러 장르의 단편 소설들이 실려 있었습니다. 요즘 말로 B급 감성, 서

2 기존 잡지의 반값도 되지 않는 저렴함으로 경쟁한 펄프 매거진에 실린 단편들을 이릅니다.

브 컬처, 킬링 타임용 콘텐츠였지요.

자극적인 내용이 주가 되다 보니 남성성은 과장되고 여성은 성적인 대상으로 그려졌습니다. 여성은 남성 주인공에게 최후로 주어지는 트로피에 불과했어요. 외계인이나 괴물에게 잡혀간 아름답고 연약한 여성이 용감하고 멋진 남성에 의해 구해지고, 그와 키스하는 장면으로 끝을 맺는 식으로요.

1960년대를 기점으로 2세대 페미니즘[3]의 도래와 함께 SF 속 여성의 역할에 의문이 제기됐습니다.

바로 이 시기에 어슐러 K. 르 귄, 조애나 러스, 제임스 팁트리 주니어 등 SF 역사를 완전히 바꿔놓을 여성 SF 작가들이 등장했습니다. 이후로도 옥타비아 버틀러, 마거릿 애트우드, 마지 피어시, 코니 윌리스 등의 작가가 페미니즘 SF의 계보를 이어갑니다.

이들은 기존 남성 작가의 틀을 답습하지 않았습니다. 외계인들이 지구를 침공하고 그들을 물리치는 식의 혹은 외계 행성과 전쟁을 벌이고 승리하는 식의 스페이스 오페라를 쓰지 않았습니다. 대신 성별이 정해지지 않은 사회라든가, 여성들만 존재하는 사회 등 새롭고 실험적인 소재를 다뤘습니다. SF적인 상상력을 바탕으로 기존의 사회 구조나 억압적인 질서를 비판하고 풍자하는 작품을 썼습니다. 작품성이 더해진 것은 말할 것도 없겠지요.

SF의 본질은 현실을 전복하는, 말 그대로 뒤집어엎는 상상력에 있습니다. 바로 이 지점이 페미니즘이 추구하는 방향과 맞아떨어진 것입니다. 그렇게 SF는 페미니즘을 다양

3 1세대 페미니즘은 19세기 후반부터 20세기 초반에 전개된 페미니즘 운동으로 영국과 미국에서 가장 활발히 일어났습니다. 주로 백인, 중산 계급, 시스젠더(출생 시의 생물학적 성과 본인이 인식하는 자신의 성이 일치하는 사람)가 운동을 주도했지요. 이 시기 페미니즘의 핵심은 여성들의 정치 참여 및 참정권 획득이었습니다다. 이러한 움직임에 따라 미국에서는 1920년 여성들의 참정권이 인정되었습니다. 2세대 페미니즘은 1960년대부터 1980년대까지의 페미니즘으로, 여성에 대한 사회적 차별에서 벗어나자는 운동이었는데요. 페미니스트들은 직장에서의 평등과 가정에서의 평등, 여성의 성 역할에 대한 사회적 편견 배제 등 사회 전반으로 주장의 범위를 넓혀갔습니다. 그리고 1990년대 이후에 등장한 3세대 페미니즘은 이전 세대의 페미니즘이 백인 여성들의 전유물이었다는 비판에서 출발했습니다. 흑인, 아시아 여성, 아랍권 여성의 상황이 모두 다르다는 자각이 생겨난 것이지요. 이 시기의 페미니즘은 인종, 국적, 종교, 계층이 다른 다양한 집단과 계층으로 확대됐습니다. 그리고 성 소수자(LGBTQ)의 권리 운동도 함께 일어나기 시작했습니다.

한 관점으로 반영할 수 있는, 페미니스트가 사랑하는 장르가 되었습니다.

1991년에는 제임스 팁트리 주니어상이 생겼습니다. 젠더의 이해를 확장하거나 탐구하는 과학 소설, 판타지 작품에 수여하는 문학상으로 제임스 팁트리 주니어를 기리기 위해 만들어졌습니다. 아쉽게도 우리나라에는 아직 수상작이 많이 소개되지 않은 상황입니다. 2019년부터는 아더와이즈상Otherwise Award으로 명칭이 바뀌었지요. 이 이야기는 뒤에서 조금 더 자세히 하겠습니다.

2장 페미니즘 SF 작가들과 작품들

왕이 임신했다The king was pregnant, 『어둠의 왼손』

“왕이 임신했다.”는 어슐러 K. 르 귄의 『어둠의 왼손』(1969)에 나오는 문장입니다. 왕king은 남성 명사입니다. 여성 명사는 여왕queen이지요. 그런데 어떻게 왕이 임신을 하게 되었을까요?

『어둠의 왼손』은 에큐멘의 특사인 겐리 아이가 헤인 우주의 한 행성인 게센에 가서 카르히데와 오르고레인을 방문하면서 겪는 이야기입니다. 게센인들은 성별이 정해져 있지 않습니다. 그들은 26일 주기로 찾아오는 케메르 상태에 있을 때만 성별을 갖게 됩니다. 케메르 시기에 여성이 될지 남성이 될지는 정해져 있지 않습니다. 그래서 왕이 임신하는 일이 가능한 것이지요. 본문을 인용하면 다음과 같습니다.

> 케메르 상대가 낳은 일곱 아들과는 달리, 이번에는 왕이 몸소 낳는 후계자였다. 왕은 임신을 했다.[1]

1 어슐러 K. 르 귄, 『어둠의 왼손』, 최용준 옮김, 시공사, 2014, 149쪽.

어슐러 K. 르 귄은 『어둠의 왼손』 '40주년 기념판에 부쳐'에서 "처음에 계획했던 그 이야기는 잘 될 듯했지만, 내게 잘 와닿지 않았다. 나는 시작을 할 수 없었다. 나는 뭔가 중요한 부분이 빠졌다는 것을 알았다. 어느 순간, 나는 그 중요한 부분이 게센인의 성적 특성이라는 사실을 알게 되었다."[2] 라고 말합니다.

르 귄은 게센 행성을 만들어냄으로써 성별이 없는 사회에 대해 사고 실험을 한 것입니다. 저는 이 작품을 읽는 내내 에스트라벤의 외형과 목소리가 변화하는 듯한 낯선 경험을 했습니다. 게센인인 에스트라벤의 이미지가 지구 출신인 겐리 아이의 관점에 따라 — 때로는 여성적으로, 때로는 남성적으로 — 묘사되기 때문입니다.(여성적 혹은 남성적이라는 말 자체가 편견을 담고 있다는 사실은 여기에서 논외로 하겠습니다.) 책을 덮고 나서는 스스로에게 여러 가지 질문을 던지게 되었는데요. 예를 들어 "게센 행성에서는 아기가 태어났을 때 무슨 질문을 할까?", "우리에게 성별의 구분은 정말 필요한 것일까?" 같은 것들이요. 우리는 아기가 태어나면 딸인지 아들인지 묻곤 하지요. 과연 성별이 그렇게 중요한 걸까요?

우리가 그동안 당연하다고 여겨왔던 것, 혹은 불편함을 느끼면서도 무심코 지나쳤던 것. 그런 것들에서 부조리함과 불합리함을 잡아내 질문을 던지는 것이 페미니즘 SF의 본질이라고 생각합니다.

: 어슐러 K. 르 귄1929—2018

어슐러 K. 르 귄은 인류학자인 아버지와 동화 작가인 어머니 사이에서 태어났습니다. 르 귄은 인류학자인 아버지, 알프레드 크로버의 영향으로 어릴 때부터 다른 문화에서 온 손님, 수많은 학자, 원주민을 만나며 자연스럽게 다양성에 대한 시각을 기를 수 있었습니다. 어머니 시어도라 크로버는 북아메리카 최후의 야히족 인디언인 '이시'의 전기 『두 세계의 이시』를 썼습니다. SF 작가가 되기 위한 완벽한 부모님을 가진 셈이지요.[3]

르 귄은 1962년 시간여행 로맨스인 단편 「파리

2 같은 책, 12쪽.

의 4월」로 데뷔했습니다. 이 작품은 단편집 『바람의 열두 방향』에 실려 있어요. 1966년부터 2년 동안에는 『로캐넌의 세계』, 『유배 행성』, 『환영의 도시』로 이어지는 장편 SF인 헤인 시리즈를 출간했습니다. 그리고 1968년 어스시 시리즈의 첫 책인 『어스시의 마법사』를 내면서 평단의 찬사를 받게 됩니다. 어스시 시리즈는 가상의 어스시 군도를 배경으로 한 판타지 소설로 『반지의 제왕』, 『나니아 연대기』와 함께 세계 3대 판타지 소설로 꼽힙니다.

르 귄은 SF와 판타지뿐 아니라 아동문학, 시, 평론, 에세이 등 다양한 글을 썼습니다. 그는 여덟 번의 휴고상, 여섯 번의 네뷸러상, 그리고 스물두 번의 로커스상 등 수많은 상을 받았습니다. 2003년에는 미국 SF 판타지 작가 협회의 그랜드 마스터로 선정됐습니다. 2014년에는 전미도서상을 수상했는데요. 수상 연설이 매우 감동적입니다. 유튜브에 자막이 달린 영상이 있으니 꼭 찾아보시길 바랍니다.

대부분 작가에 대해서는 사람마다 호불호가 갈리지만, 저는 아직까지 르 귄을 싫어한다는 사람은 만나지 못했습니다. 물론 저도 이 작가를 좋아합니다. 솔직히 말하자면 존경하는 쪽에 더 가깝습니다. 『어둠의 왼손』을 읽을 당시, 초반에는 진입 장벽이 있었거든요. 르 귄이 "SF는 은유다."라고 말한 바가 있듯이 문장마다 혹은 문장 사이사이 빼곡히 담긴 은유와 상징들, 그리고 깊은 사유를 따라가는 일이 쉽지만은 않았어요. 하지만 차분하게 읽어나가다 보니 주인공 겐리 아이와 에스트라벤에게 친밀감을 느끼게 됐고, 그들과 함께 게센 행성의 추위를 맛보며 모험하는 나 자신을 발견할 수 있었습니다.

르 귄의 작품에 처음 도전한다면 단편집 『바람의 열두 방향』부터 시작해 보는 것도 좋겠습니다. 국내에서는 2007년, 방탄소년단의 〈봄날〉 뮤직비디오에 수록작 「오멜라스를 떠나는 사람들」이 인용되

3 "분명 아버지의 관심사와 기질에는 기품이 있었어요. 아버지는 모든 것에 관심을 보였죠. 그런 지성인과 사는 건 교육과 같았죠. 아버지의 학문 영역이 인간을 다루는 분야였으니, 작가에게는 정말 행운이었지요." 어슐러 K. 르 귄, 『작가란 무엇인가 3』, 김율희 옮김, 다른, 2015, 143쪽.

어 더욱 유명해지기도 했습니다. 소설이 읽기 어렵게 느껴진다면 에세이부터 읽는 것도 괜찮겠지요.

추천 작품° 『어둠의 왼손』, 『바람의 열두 방향』, 『어스시의 마법사』

에세이° 『밤의 언어』, 『찾을 수 있다면 어떻게든 읽을 겁니다』, 『남겨둘 시간이 없답니다』

한 종족을 멸종시키는 가장 효율적인 방법, 「체체파리의 비법」

체체파리의 비법, 원제는 The Screwfly Solution입니다. 직역하면 '나사파리 구제법'이 되겠는데요.(페미니즘 SF 선집인 『야자나무 도적』에는 이 제목으로 번역되어 있습니다.) 제목 번역의 배경은 단편 말미의 옮긴이의 말[4]에서 참고하실 수 있습니다.

체체파리의 비법은 페미사이드(femicide: 여성female과 살해homicide를 합친 용어로 여성이라는 이유로 여성이 남성에게 죽임을 당하는 일.)라는 무거운 소재를 다루고 있습니다. 지구상의 남자들이 어느 날 갑자기 여자들을 죽이기 시작합니다. 마치 바이러스에 걸린 것처럼 공격적인 성향이 번져나가는데요. 체체파리 구제 방법을 연구하는 남자 주인공의 이야기와 소설 속에서 일어나는 페미사이드 상황이 맞물리며 긴박하게 전개됩니다. 편지, 기사문, 보고서 등이 실린 형식도 이야기의 현장감을 더해주고 있어요. 보는 내내 심장 박동이 빨라지고 입이 바짝 마르는 이야기입니다. 종말 문학 중에서 가장 생생하고 현실적인 공포를 다루는 소설이라 할 수 있지요. 그렇게 마음을 졸이며 마지막 문장까지 읽고 나면 감탄, 허무, 놀람 등 온갖 감정이 뒤섞인 헛웃음이 나옵니다.

여러분의 이해를 돕기 위해 「체체파리의 비법」의 내용을 직관적으로 보여주는 세 문장을 뽑아 봤습니다.

4 "저자가 쓴 원제목 나사파리(screwfly)는 체체파리가 아니다. 체체파리는 아프리카에 살지만 나사파리는 주로 아메리카 대륙 열대지방에 분포하며, 나사 무늬가 있는 구더기가 온혈동물에 기생하여 살아있는 조직을 먹는 위험한 해충이다. (중략) 작품에서 나사파리를 통하여 은유하고 있는 '생식이 불가능하게 만들어서 전체 환경에 해를 입히지 않고 해충을 없애는 방법'은 체체파리 구제법으로 쓰였던 방법이기도 하므로 의미 전달에는 무방할 것으로 여긴다." 제임스 팁트리 주니어, 『체체파리의 비법』, 이수현 옮김, 아작, 2016년, 53쪽.

한 남자가 아내를 죽이면 살인이라고 부르지만, 충분히 많은 수가 같은 행동을 하면 생활 방식이라고 부른다.[5]

내가 전에는 한 번도 여자들이라는 뜻으로 우리라고 한 적이 없다는 거 알아요? 우리는 언제나 나와 앨런, 그리고 물론 에이미를 말하는 거였어요. 선별적인 살해는 집단 동일시를 촉진하죠. 내가 얼마나 제정신인지 알겠죠.[6]

우리가 체체파리에게 했던 것처럼요. 약한 고리를 집어서 공격하고, 조금만 기다리면 되는 거예요.[7]

너무나 충격적이어서 당황스럽기까지 한 마지막 문장도 보여드리고 싶습니다만 여러분이 직접 읽었을 때의 감흥을 반감시키고 싶지 않아 자중하겠습니다. 팁트리는 「체체파리의 비법」 말고도 「접속된 소녀」, 「휴스턴, 휴스턴 들리는가」, 「보이지 않는 여자들」 등 페미니즘 SF의 교과서라고 할 수 있는 작품들을 남겼습니다. 이 작품들은 모두 단편집 『체체파리의 비법』에 실려 있어요.

: 제임스 팁트리 주니어 1915—1987

본명은 앨리스 브래들리 셸던. 제임스 팁트리 주니어는 일부러 남성처럼 지은 필명입니다. 군인이나 CIA 정보원 등 다양하고 특이한 이력을 지닌 그는 언제나 여성이라는 이유만으로 주목을 받았는데요. SF 작가가 되어서까지 여성 작가라는 이유로 주목받고 싶지 않았다고 해요. 공식 석상에 모습을 나타내지 않으니 그의 정체에 대해서는 추측만 무성했지요. 당시 제임스 팁트리 주니어의 작품을 본 사람들은 "남자도 훌륭한 페미니즘 소설을 쓸 수 있다."라고 평가했습니다. 심지어 '페미니즘 SF를 쓰는 헤밍웨이'라고 부르기도 했어요.

그러나 1977년, 어머니의 부고 기사를 계기[8]로

5 같은 책, 23쪽.
6 같은 책, 49쪽.
7 같은 책, 53쪽.

그가 여성이라는 사실이 밝혀지고, 이로 인해 소설계는 충격에 휩싸입니다. 이른바 '팁트리 쇼크'입니다. 팁트리 쇼크는 문학계와 사회 전반에 젠더 편견에 대한 논의를 불러왔습니다. 본명이 밝혀진 후에도 그는 제임스 팁트리 주니어라는 이름으로 작품을 발표했고, 여성 필명인 라쿠나 셸던도 사용했습니다.

앞서 제임스 팁트리 주니어상이 2019년부터 아더와이즈 상Otherwise Award으로 명칭이 바뀌었다고 언급했는데요. 두 가지 논란 때문이었습니다. 하나는 제임스 팁트리 주니어라는 '남성 필명'이 상의 취지에 적절한지에 대한 의문이었고, 또 하나는 앨리스 셸던의 삶과 관련이 있습니다. 1987년 5월 22일, 《로스앤젤레스 타임스》에는 "작가가 아픈 남편과 자신을 쏘다Writer shoots sick husband, then herself"라는 헤드라인의 기사가 실립니다. 오랜 기간 알츠하이머에 걸린 남편을 간호해 오던 팁트리는 남편을 총으로 쏜 다음 자살했습니다. 당시 팁트리는 71세, 남편인 헌팅턴은 84세였습니다. 이 사건에 대해 어떤 사람들은 합의된 자살이라고 했으나 어떤 사람들은 간병 살인이라고 주장했습니다. 어느 쪽이든 이러한 방식의 죽음은 사람들에게 고통과 괴로운 감정을 불러일으킬 수 있다는 것도 상의 이름이 바뀌는 데 영향을 미쳤어요. 비록 명칭은 바뀌었지만 제임스 팁트리 주니어, 앨리스 셸던을 기리는 마음만큼은 꾸준히 이어지길 바랍니다.

추천 작품° 『체체파리의 비법』, 『마지막으로 할 만한 멋진 일』

8 "팁트리는 그해에 몇몇 편지에서 자기 어머니의 죽음에 관해 이야기했는데, 그중 몇 명이 시카고 신문을 뒤지다가 그에 맞는 사람의 부고를 찾아냈던 것입니다. 그 사람은 메리 헤이스팅즈 브래들리라는 소설가 겸 여행작가 겸 모험가로, 유족은 앨리스 브래들리 셸든이라는 딸 하나뿐이었습니다." 『체체파리의 비법』 추천의 글 중에서 인용.

남성 임신에 대한 이야기,
「블러드차일드」

「블러드차일드」는 남성 임신에 대한 이야기다. 나는 언제나 남자가 가장 믿기 힘든 그런 위치에 놓이게 되면 어떨지 탐색해보고 싶었다. (중략) 나는 사랑의 행동으로 임신을 하게 되는 남자, 환경적인 어려움 때문만이 아니라 그런 어려움에도 불구하고 임신을 선택하는 남자에 대한 극적인 이야기를 쓸 수 있을지 알아보고 싶었다.[9]

SF계의 그랜드 데임grand dame[10]이라 불린 옥타비아 버틀러는 자신의 단편 「블러드차일드」는 노예 이야기가 아니며, 아주 다른 두 존재 간의 사랑 이야기고 소년의 성장 이야기이며 남성 임신에 대한 이야기라고 말합니다.

「블러드차일드」는 태양계의 한 행성에 도착한 인류 테란이 외계인의 숙주가 되어 살아가는 이야기입니다. 행성의 주인은 외계 종족인 틀릭으로 자신의 알을 임신하는 테란 남자와 그의 가족들을 돌봐줍니다. 그렇게 테란과 틀릭은 위태롭고 위험한 공존 관계를 이어갑니다.

주인공 소년 '간'에게 자신의 가족을 돌봐주는 '트가토이'의 알을 심는 날이 다가왔습니다. 그날 밤, 하필이면 간은 엔틀릭(숙주 인간)의 비정상적인 출산 과정을 보게 됩니다. 자연 출산이 아닌 제왕절개를 한 셈인데요. 자칫하면 틀릭의 유충들이 숙주 인간의 살을 파고 들어가 먹어 치우게 되는 위험한 상황이었죠. 간은 이 끔찍한 광경을 목격하고 혼란에 빠집니다. 트가토이는 간이 원하지 않는다면 간의 누나에게 알을 심을 수 있다고 말하지만, 간은 자신이 트가토이를 받아들이기로 합니다. 옥타비아 버틀러가 후기에서 말한 것과 정확히 일치하는 전개입니다. 하지만 저는 노예 이야기가 아니라는 작가의 말에 완전히 동의할 수는 없습니다. 간과 트가토이는 분명 사랑하는 사이입니다만 둘 사이의 관계는 평등하지 않으니까요. 그렇다면 옥타비아 버틀러는 왜 이 이야기를 노예 이야기가 아니라고 말했을까요? 아마도 자신에게 따라붙는 '흑인 여성 작가'라는 수식어에 얽매이고 싶지 않아서가 아니었을까 추측해 봅니다.

9 「블러드차일드」 후기 중에서 인용. 옥타비아 버틀러, 『블러드차일드』, 이수현 옮김, 비채, 2016년, 54~56쪽.

10 특정 분야에서 영향력 있는 위치에 있는 여성을 뜻합니다.

외계 종족과 인류의 관계를 그린 작품들은 대부분 지구에 온 외계인을 그립니다. 〈미지와의 조우〉, 〈E.T〉, 〈컨택트 Arrival〉 등이 그렇고, 제가 좋아하는 〈디스트릭트 9〉도 마찬가지입니다. 〈디스트릭트 9〉에서는 남아공의 요하네스버그 상공에 불시착한 외계인들이 외계인 수용 구역인 디스트릭트 9에 거주하며 일어나는 일을 그리고 있습니다. 한낙원 과학소설상을 받은 제 소설 「푸른 머리카락」도 외계 종족인 자이밀리언이 인류와 협정을 맺고 살아가는 이야기입니다. 지구에 사는 우리에게는 이와 같은 설정이 익숙하게 느껴지지요. 그러나 옥타비아 버틀러는 이런 발상을 뒤집어 버립니다. 지구를 떠나 외계인이 주인인 행성에 수용된 인류의 이야기를 하는 것이죠. 더욱 놀라운 것은 낯설고 방대한 세계관을 짧은 단편 안에 자연스레 녹여냈다는 것입니다. "물 대신 공기를 가르며 헤엄치는 생물"로 묘사되는 트가토이의 모습을 상상하는 것도 재미있었어요.

내가 조선 시대의 노비가 된다면?

『킨』

나는 집으로 돌아오는 마지막 여행에서 팔 하나를 잃었다. 왼팔이었다.[11]

『킨』의 첫 문장은 충격적입니다. 이 문장을 시작으로 저는 514쪽에 달하는 소설을 한 번도 손에서 놓지 않고 쭉 읽었습니다. 그만큼 몰입감도 뛰어나고 가독성도 좋습니다. 주인공이 어떻게 해서 팔을 잃었는지, 결말이 어떻게 될지 영화를 보는 듯 흥미진진한 영상이 책장을 넘기는 내내 머릿속에 그려집니다.

『킨』의 주인공 다나는 로스앤젤레스에 사는 흑인 여성 작가입니다. 그는 어느 날 갑자기 노예제가 있는 19세기, 남북 전쟁 이전의 남부인 메릴랜드로 타임 슬립을 하게 됩니다. 그곳에서 호수에 빠진 백인 소년 루퍼스를 구하는데, 루퍼스는 자신의 먼 조상입니다. 루퍼스가 죽으면 주인공도

11 옥타비아 버틀러, 『킨』, 이수현 옮김, 비채, 2016년, 8쪽.

사라지게 되겠지요. 다나는 루퍼스가 위험에 빠질 때마다 현재에서 과거로 끌려갑니다. 그리고 자신이 죽을 위험에 처하면 현재로 돌아옵니다. 한 번 갈 때마다 과거에서는 몇 년의 시간이 훌쩍 흘러 있습니다. 과거에서 노예 취급을 받는 다나의 상황은 점점 나빠지고, 성인이 된 루퍼스와의 애증 관계도 복잡해지기만 합니다. 과연 다나는 집으로 돌아갈 수 있을까요? 첫 문장에서 작가가 결말을 밝혔는데도 긴장감은 전혀 줄어들지 않아요. 오히려 배가됩니다.

저는 『킨』을 완독하고 나서 한 가지 생각에 사로잡혔습니다. 만약 내가 조선 시대로 타임 슬립을 한다면 어떻게 될까? 머리도 짧고 바지를 입은 저를 양반집 규수로 봐줄 리는 없을 것 같고, 노비로 잡혀가기 전에 신분을 위장해야겠죠. 노래와 춤에 소질이 있다면 기방에 숨어들겠지만 음치에 몸치에 아무래도 그건 무리일 것 같습니다. 시라면 좀 읊을 수도 있겠습니다만… 시보다는 이야기가 더 낫겠네요. 이야기꾼, 전기수가 되어야겠습니다. 우선 남장을 하고, 목소리를 낮게 내어야 할 텐데요. 노비가 되어 매질을 당하는 것보다야 성대 결절이 오더라도 목소리를 변조하는 편이 훨씬 안전하지요. 중요한 건, 다나가 그랬듯 버텨내는 것입니다. 현재로 돌아오기 위해 어떤 대가를 치르더라도 살아남는 것이 중요합니다.

우리 역사에도 여자라는 이유로 살아남는 것조차 당연하지 않던 시절이 있었습니다. 역사의 여인들에게는 — 갖은 속박과 굴레가 씌워진 삶을 살면서도 — 의연하게 하루하루를 견뎌낸 강인함이 있었습니다. 아니, 굳이 과거로 가지 않더라도 여성은 여전히 위험을 마주하며 살아가고 있습니다.

『킨』은, 옥타비아 버틀러는 우리에게 말합니다. 더 나은 세상을 만들기 위해 꿋꿋이 살아남으라고.

: 옥타비아 버틀러 1947—2006

옥타비아 버틀러는 흑인 여성 SF 작가입니다. 그러나 인종과 성별을 떠나 그는 위대한 SF 작가입니다. 앞서 언급했듯 버틀러는 휴고상, 네뷸러상 등을 휩쓸며 'SF계의 그랜드 데임'이라 불렸습니다.

옥타비아 버틀러의 단편집 『블러드차일드』는 저를 SF와 사랑에 빠지게 만든 책입니다. 수록 작품 중에서는 「블러드차일드」와 「저녁과 아침과 밤」

이 단연 뛰어납니다. 「말과 소리」, 「특사」도 좋습니다. 이 단편집에 수록된 단편들은 짧은 분량임에도 방대한 세계관을 자연스레 담아내고 있어요. 세계관을 어떻게 녹여낼지에 대한 모범 답안이라 할 수 있지요.

혹자는 옥타비아 버틀러를 애증의 감정을 가장 잘 다루는 작가라고 평가하기도 합니다.[12] 저도 이 견해에 100% 동감합니다. 애증의 감정은 단편 「블러드차일드」에서도 잘 드러나지만 그의 장편 소설 『킨』을 관통하는 주요 정서라고 할 수 있습니다.

추천 작품° 『블러드차일드』, 『킨』,
『와일드 시드』, 『씨앗을 뿌리는 사람의 우화』

여자를 자궁으로만 보는 사회,
『시녀 이야기』

1985년 발표된 『시녀 이야기』는 마거릿 애트우드의 대표작이자 페미니즘 SF의 고전입니다. 여성을 단지 재생산의 도구로 보는 사회를 적나라하게 그리고 있지요.

『시녀 이야기』는 길리어드 공화국이라는 가상의 국가를 배경으로 합니다. 핵폭발로 오염된 환경때문에 사람들 대부분은 불임 상태가 되었고, 정부는 가임 여성을 컴퓨터로 관리하며 권력자의 아이를 낳도록 '시녀'로 보냅니다. 시녀들은 빨간 옷을 입고 얼굴을 가리는 보닛을 쓰며 바깥출입은 철저히 통제된 채 인간이 아닌 '자궁'으로 살아갑니다. 화자인 오프레드는 이 끔찍한 디스토피아를 시종일관 건조하고 담담하게 이야기합니다. 그런데 『시녀 이야기』의 설정, 묘한 기시감이 느껴지지 않나요? 그렇습니다. 우리의 역사 어딘가에는 씨받이라는 부끄러운 풍습이 있었지요. 씨받이란 "부인이 출산하지 못하고 장차도 자녀를 출산할 가능성이 없는 경우, 자녀를 낳기 위하여 조건부로 데려와서 동거하는 여자"[13]를 말합니다.

12 "버틀러의 작품들에서 일관되게 감지되는 한 가지 정서적 특징이 있다. 그의 작품은 외계의 지적 존재가 본다면 인간을 상당 부분 이해할 수 있을 법한 인류학 보고서 같은 이야기들이다. 인간의 생태는 물론이고 인류 역사의 계몽과 진보에 대한 통찰이 담겨 있다. 그 통찰을 버틀러는 '애증'이라는 인간의 독특한 감정을 통해 탐구한다." 김보영, 박상준, 심완선, 『SF 거장과 걸작의 연대기』, 돌베개, 2019년, 296쪽.

13 『한국민족문화대백과』에서 인용.

여성을 출산의 도구로만 보는 근미래 디스토피아가 우리의 과거에 실제로 벌어진 일이라는 것도 참담한데, 더욱 끔찍한 것은 이런 상황이 여전히 계속된다는 점입니다. 얼마 전, 중국에서 불법 대리모 시장이 확대되고 있다는 뉴스를 접했습니다. 난임 부부와 대리모, 대리모를 알선하는 업체와 의료진이 모여 거대한 규모의 지하 경제를 이루고 있으며, 이 시장은 허술한 법망을 피해 매년 성장하는 추세라고 합니다. 출신 대학이나 외모 조건에 따라 가격도 천차만별이라니 누군가는 지금 이 순간, 길리어드 공화국에 살고 있는 것이나 마찬가지죠.

『시녀 이야기』는 2017년 미국 OTT 서비스인 훌루에서 드라마로 만들어졌고, 2021년 시즌 4까지 방송되었습니다. 그래픽 노블로도 출간되었는데 색감이나 그림체가 훌륭합니다. 드라마든 그래픽 노블이든 소설이든 각각의 장점이 있어서 아직 『시녀 이야기』를 접하지 않은 분은 어느 것부터 먼저 시작해도 색다른 맛을 느낄 수 있을 것 같아요.

마거릿 애트우드는 『시녀 이야기』를 쓴 지 34년 만인 2019년, 후속작인 『증언들』을 썼습니다. 그리고 두 번째 부커상을 받습니다. 첫 번째 부커상은 2020년 『눈먼 암살자』로

받았습니다. 『시녀 이야기』도 좋지만 저는 러시아 인형 마트료시카처럼 이야기 속에 이야기가 다층적으로 들어 있는 『눈먼 암살자』를 더 좋아합니다. 이 소설은 80대 화자인 아이리스의 회고록과 아이리스의 동생인 로라가 쓴 작중 소설 '눈먼 암살자', 그리고 그 소설 속의 남자 주인공이 여자 주인공에게 들려주는 SF, 이렇게 세 겹의 층위로 구성되어 있습니다. 두 권으로 출간된 장편이지만 읽기 시작하면 놓기 어려울 정도로 흡인력 있는 소설입니다. 연휴나 휴가 등 시간적 여유가 있을 때 읽어보기를 권합니다.

: 마거릿 애트우드1939—

마거릿 애트우드는 캐나다의 시인, 소설가, 문학 평론가, 에세이스트, 교사, 환경 운동가, 발명가입니다.(수천 킬로미터 떨어진 곳에서도 팬들을 위해 책에 서명할 수 있는 원격 제어 펜인 롱펜LongPen을 발명했습니다.) 『빨간 머리 앤』의 루시 몽고메리 이후 캐나다에서 최초로 국제적인 명성을 얻은 작가이며, 노벨 문학상을 받은 앨리스 먼로와 함께 캐나다를 대표하는 작가입니다.

마거릿 애트우드는 다섯 살 때부터 글을 썼다고 하니 그저 놀라울 뿐입니다. 1961년부터 본격적으로 집필을 시작, 소설 열여덟 권, 시집 열여덟 권, 논픽션 열한 권, 단편 소설집 아홉 권, 아동도서 여덟 권, 그래픽 소설 두 권을 출판했습니다. 『시녀 이야기』, 『눈먼 암살자』, 『그레이스』를 비롯한 소설과 에세이 두 권이 국내에 소개되었으나 시집은 번역되지 않았었는데요. 2021년에 그의 시집 『진짜 이야기』가 출간되었습니다. 앞으로도 더 많은 시집과 소설이 번역되어 나오길 기대합니다.

마거릿 애트우드의 주제 의식은 페미니즘, 동물권, 종교와 신화, 기후 변화, 권력 정치 등 다양한 분야에 맞닿아 있습니다. 애트우드는 요즘도 트위터 등 SNS에서 자신의 의견을 개진하며 활발한 활동을 하고 있습니다. 한 사람의 팬으로서 그가 오래오래 건강하게 글을 쓰기를 바랍니다.

추천 작품° 『시녀 이야기』, 『증언들』, 『눈먼 암살자』, 『그레이스』

에세이° 『글쓰기에 대하여』, 『나는 왜 SF를 쓰는가』

생리를 하지 않는 세상,
「여왕마저도」

코니 윌리스가 옆집에 산다면 아마 저는 암막 커튼을 쳐놓고 집에 아무도 없는 척할 것 같습니다. 푸근하지만 장난기 어린 미소를 짓고 있는 그의 사진을 보면 친화력 좋고 인정 많은 할머니처럼 보이거든요. 직접 구운 애플파이를 들고 와서 초인종을 눌렀을 때 실수로 문을 연다면 그날 오후 내내 수다 떨 각오를 해야겠지요.

코니 윌리스의 작품도 딱 이런 이미지입니다. 유쾌하고 수다스럽지요. 하지만 의미 없는 수다는 아니에요. 끊임없는 대화의 향연 속에서 부조리한 사회를 풍자하는 날카로운 유머가 아무렇지도 않게 툭툭 튀어나오니까요.

「여왕마저도」는 드라마 대본을 읽는 듯한 착각이 들 만큼 인물들의 대사가 길게 이어집니다. 화자의 딸이 '사이클리스트'에 가입하면서 일어나는 소동을 그리고 있는데요. 사이클리스트는 자발적인 선택으로 생리를 하는 사람들을 말합니다. 이 세계에서는 암메네롤이라는 약의 개발로 여성들이 생리에서 '해방'되었거든요. 암메네롤이 생리를 없애기 위해 발명된 약이 아닌데 우연히 자궁 내벽을 흡수하는 특성이 발견됐다는 점도 재미있습니다. 심장병 치료제를 개발하다가 발기부전 치료제로 쓰임새가 바뀐 비아그라를 패러디한 것 같기도 하고요.

할머니, 화자, 딸, 아홉 살짜리 손녀와 소설에 등장하는 유일한 남자인 화자의 비서까지 모여 앉은 식탁에서 정신없이 떠드는 이야기를 듣다 보면 어느새 이야기는 끝을 맺습니다. 지루할 틈이 없어요. 하지만 이런 수다스러움이 본인의 취향과 잘 맞지 않는다면 별 재미를 느끼지 못할 수도 있겠지요.

코니 윌리스는 작품 후기에서 「여왕마저도」를 쓰게 된 몇 가지 이유를 얘기하고 있습니다. 저는 마지막 부분이 눈에 띄었는데요.

> 몇몇 동료 여성 SF 작가들이 내게 '여성 문제'에 대해서는 쓰지 않고 시간 여행, 옛날 영화, 세상의 종말에 대한 SF만 쓴다며 닦달했다. 그래서 나는 이 소설을 쓰기로 결심했다.[14]

이 단편 소설로 코니 윌리스는 1993년 휴고상, 네뷸러상을 비롯한 다섯 개의 상을 휩쓸었습니다. 사실 코니 윌리스가 '여성 문제'에 대해 쓰지 않았다는 말은 맞지 않습니다. 「여왕마저도」 이전에도 그는 「사랑하는 내 딸들이여」(『마니아를 위한 세계 SF 걸작선』에 수록)라는 페미니즘 SF 단편을 썼으니까요.

「사랑하는 내 딸들이여」는 대학교 기숙사 내에서 남자아이들이 분홍색 입을 가진 애완동물 '태슬'을 딸이라고 부르며 키우는 이야기입니다. 태슬은 이빨이 없고, 저항하지 못하며, '공격'당할 때 신음만 낼 수 있는 수동적인 외계 짐승으로 묘사됩니다. 이 작품에서 코니 윌리스는 노골적으로 여성 문제, 여성의 섹슈얼리티에 대한 남성의 공격성 문제를 다루고 있습니다. 「사랑하는 내 딸들이여」의 주제 의식은 제임스 팁트리 주니어의 단편 「체체파리의 비법」과도 맞닿아 있습니다. 함께 읽어보시길 추천합니다.

14 「여왕마저도」 후기 중에서 인용. 코니 윌리스, 『여왕마저도』, 최세진, 정준호, 김세경 옮김, 아작, 2016년, 188쪽.

: 코니 윌리스1945–

코니 윌리스의 본명은 콘스탄스 일레인 트리머 윌리스입니다. 코니 윌리스의 사진을 찾아보면 대부분 보는 사람까지 기분 좋아지는 미소를 짓고 있는데요. 그는 미소만큼이나 유쾌한 글쓰기로 사랑받는 작가로, 로맨틱 코미디 SF에서 단연 독보적인 위치를 차지하고 있습니다. 그의 유쾌함은 시간 여행 시리즈에서 잘 드러납니다. 옥스퍼드의 역사학도들이 시간 여행을 하는 내용인데요. 『화재감시원』, 『둠스데이북』, 『개는 말할 것도 없고』, 『블랙아웃』, 『올 클리어』 모두 휴고상을 받았습니다. 시리즈의 모든 책이 휴고상을 받은 최초의 작가지요.

추천 작품° 『화재감시원』, 『여왕마저도』, 『크로스토크』

엄마가 셋인 미래 세상, 『시간의 경계에 선 여자』

마지 피어시의 『시간의 경계에 선 여자』는 두 권으로 이뤄진 장편 소설입니다. 주인공인 코니는 제목처럼 '시간의 경계에

선 여자'입니다. 정신 병원에 갇혀 있으면서 미래에서 온 루시엔테와 접속해 2137년으로 갈 수 있거든요. 21세기를 사는 우리에게는 그리 멀게 느껴지지 않습니다만 마지 피어시가 소설을 발표한 해는 1976년이었으니 그 당시에 보기에는 까마득한 미래였겠지요. 코니가 루시엔테를 만날 수 있는 건 수신인의 능력이 있기 때문인데요. 미래로 간다고 해도 의식만 이동하지, 신체가 이동하는 것은 아닙니다. 가상 현실 체험처럼요.(윌리엄 깁슨 — 사이버펑크 장르의 대표작인 『뉴로맨서』의 작가 — 은 이 작품을 사이버펑크의 발상지로 꼽았습니다.)

1권에서는 루시엔테가 사는 메타포이세트의 모습을 보여줍니다. 메타포이세트는 계급이 없고 젠더 중립적인 사회입니다. 코니는 남자라고 생각했던 루시엔테가 여자라는 사실과 마흔다섯 살 남자인 바바로사가 자신의 아이에게 모유 수유를 하는 장면을 보고 충격을 받습니다. 그러나 미래의 사람들에게는 너무나 자연스러운 일이었지요. 태아는 어머니의 자궁이 아닌 인공 배아 시스템에서 길러지고, 시스템을 통해 태어난 아기는 한 명의 어머니가 아닌 세 명의 남녀로 구성된 '어머니들'을 갖게 됩니다. 이들은 유전자, 흔히 말하는 혈연으로 연결되어 있지 않아요.

마지 피어시는 이 작품에서 작가로서의 놀라운 상상력을 펼칠 뿐 아니라 다양한 분야에서 활동하는 운동가답게 자신의 사상을 자유롭게 표현합니다. 미래 사회를 묘사하는 부분에서는 수용하기 버거울 정도의 지식과 정보가 쏟아지지만 그렇다고 이 작품이 딱딱하거나 지루하지는 않습니다. 마지 피어시가 작품의 완급을 능수능란하게 조절하고 있으니까요.

2권으로 가면 전개가 급박해집니다. 코니는 뇌 수술을 받을 위기에 처하고 탈출은 실패합니다. 코니가 있는 현실 세계, 정신 병원의 풍경은 켄 키지의 『뻐꾸기 둥지 위로 날아간 새』를 떠올리게 하는데요. 책의 뒷부분에 실린 옮긴이의 말에서도 "1970년대 미국 사회는 실제로 의사들이 사회적 약자인 유색인 환자들을 실험실의 생쥐나 해부용 시체처럼 수술 연습의 도구로 삼는 경우가 많았고, 가난한 사람들과 죄수들을 대상으로 거리낌 없이 임상 실험을 진행했다."[15]라고 언급합니다. 결말에서 코니는 뇌 수술을 받지 않기 위해 자신만의 전쟁을 벌입니다. 그리고 이렇게 독백하지요.

"나는 내가 벌인 전쟁을 당신들에게 바칠게요. 나는 최소한 한 번은 싸웠고 승리를 거두었어요."16

의사가 작성한 병원 기록으로 끝나는 결말은 씁쓸한 여운을 남기며 생각할 여지를 줍니다. 『시간의 경계에 선 여자』는 분명 읽기 쉬운 소설은 아닙니다. 하지만 페미니즘 SF가 다뤄야 할 주제가 무엇인지에 대해, 우리에게 생각할 거리를 던져주는 좋은 작품입니다.

: 마지 피어시1936—

1936년 미국 디트로이트에서 태어난 마지 피어시는 작가, 페미니스트, 환경 운동가, 사회 운동가, 반전 운동가입니다. 그는 SF적 상상력을 통해 남성중심주의, 가부장제, 성차별, 인종 차별, 생태 파괴 등을 경고합니다.

15 마지 피어시, 『시간의 경계에 선 여자 2』, 변용란 옮김, 민음사, 2010년, 324쪽.
16 같은 책, 311쪽.

피어시는 페미니즘 SF를 논할 때 빠트릴 수 없는 페미니즘 SF의 고전 『시간의 경계에 선 여자』(1976)를 썼습니다. 민음사에서 모던 클래식 시리즈로 2010년 출간되었는데 현재는 절판된 상태입니다. 도서관에서 비교적 손쉽게 빌려 읽을 수 있지만, 재출간되길 바라는 작품이에요.

국내에 많은 작품이 소개되지는 않았습니다만, 피어시는 열일곱 권 이상의 시, 열다섯 편의 소설과 에세이, 희곡 등 다양한 저술 활동을 했습니다. 그의 모든 작품은 여성의 삶에 초점을 맞추고 있습니다. 1993년에는 『그, 그녀 그리고 그것He, She and It』이라는 소설로 아서 C. 클라크 상을 받았습니다.

추천 작품° 『시간의 경계에 선 여자』

사람들은 다 어디 있어요?

「그들이 돌아온다고 해도」

케이티는 미치광이처럼 운전했다. 우리가 그 꼬부랑 길을 시속 120킬로미터가 넘는 속도로 달려가고 있는

> 게 분명했으니까. 그래도 케이티는 잘했다. 뛰어나게 잘했다. 나는 아내가 하루 만에 차를 완전히 분해했다가 다시 조립하는 걸 본 적도 있다.[17]

조애나 러스의 단편, 「그들이 돌아온다고 해도」의 첫 문장입니다. 케이티는 화자의 '아내'입니다. 그들에게는 아이가 셋 있어요. "케이티의 아이가 하나, 내 아이가 둘이었다."라는 문장으로 볼 때 이들은 재혼 가정일 수도 있겠네요. 소설이 시작되면 화자와 케이티, 그들의 큰아이인 유리코는 차를 타고 어딘가로 서둘러 갑니다. 그리고 도입부가 끝날 무렵, 유리코가 외칩니다.

> "남자다!" 유리코가 차 문을 뛰어넘으며 소리를 질렀다. "남자들이 돌아왔어! 진짜 지구 남자들!"[18]

그제야 저는 이 소설의 배경이 지구가 아니며, 화자가 여성

17 조애나 러스, 「그들이 돌아온다고 해도」, 『야자나무 도적』, 신해경 옮김, 아작, 2020년, 387쪽.
18 같은 책, 387쪽.

이라는 사실을 눈치챘습니다. 제 고정 관념이 또 한 번 시험대에 오른 기분이었죠. 이 소설이 처음 발표된 건 1972년이니 그때의 독자들이 받았을 충격은 저보다 훨씬 컸을 것입니다. 나중에 화자의 이름은 재닛으로 밝혀지는데요. 재닛이 사는 와일어웨이 행성에서는 600년 전 전염병으로 남자가 모두 죽었습니다. 행성 사람들은 난자 융합 기술로 부모의 DNA를 가진 아이들을 낳아 기르고 있어요. 당연히 전부 여자아이들입니다. 그런데 무려 600년 만에 지구에서 남자 네 명이 찾아온 것입니다. 도입 부분은 러시아어를 할 수 있는 재닛이 남자들과 소통하기 위해 그들이 착륙한 지점으로 달려간 상황을 그린 것이죠.

여기에서 우스꽝스럽고 황당한 상황이 벌어집니다. 남자들은 와일어웨이 사람들을 보면서도 사람들은 다 어디에 있냐고 반복해서 물어요. 소설 속의 화자가 말하고 있듯이 그가 말하는 사람은 '사람'이 아니라 '남자'를 뜻하는 것이었죠. 그러면서 지구에 성평등이 다시 확립되었다는 믿을 수 없는 이야기를 합니다.

「그들이 돌아온다고 해도」의 원제는 'When it changed' 입니다. 표면적으로는 와일어웨이 행성에 남자들이 돌아오게 된 변화를 가리키겠지만, 그 이면에는 바뀌지 않는 현실에 대한 풍자가 녹아있습니다. 50년이 지난 지금 이 소설은 여전히 '바뀌지 않은 것들'에 대해 생각할 점을 던져줍니다.

: 조애나 러스1937—2011

조애나 러스는 SF 작가이자 비평가, 급진적 페미니스트였습니다. 아쉽게도 국내에 번역된 러스의 소설은 『야자나무 도적』에 수록된 단편 「그들이 돌아온다고 해도」 한 편뿐입니다. 그래도 에세이 두 권이 번역되어 그의 사상과 생각을 접할 수 있으니 다행이지요. 러스는 분노와 유머를 능숙하게 조화하는 작가로 평가됩니다. 그의 작품에는 명백한 분노가 드러나지만 한편으로는 유머와 재치가 가득 차 있으니까요.

뉴욕 브롱크스에서 태어난 조애나 러스는 어린 시절부터 글을 썼습니다. 많은 공책을 시, 만화, 이야기로 채우고 실로 자료를 묶어두기도 했습니다. 러스는 SF, 판타지, 페미니스트 문학 비평서 등 다양한 분야의 책을 저술했지요. 대표작은 1975년에 발표한 『여성 남자Female man』입니다.(그는 이 무렵 레즈비언으로 커밍아웃했는데 당시에는 드문 일이었다고 합니다.)

조애나 러스는 학자로 평생을 보냈습니다. 코넬대학에서 영어 학사 학위를 취득했으며 그곳에서 블라디미르 나보코프에게 사사했습니다. 1960년에는 예일 드라마 학교에서 극작과 극문학 석사 학위를 받았고요. 코넬대학교, 뉴욕 주립대학교, 콜로라도대학교 등 여러 대학에서 강의한 후 워싱턴대학교의 영어 교수가 되었습니다. 말년에는 만성 피로 증후군을 앓았으며 허리 통증이 심해 서서 글을 써야 했다고 합니다. 2011년 4월 뇌졸중을 겪은 후 74세의 나이로 사망했습니다.

추천 에세이 ° 『SF는 어떻게 여자들의 놀이터가 되었나』, 『여자들이 글 못 쓰게 만드는 방법』

페미니즘 SF의 종합 선물세트, 『야자나무 도적』

『야자나무 도적』은 앤 벤더미어와 제프 벤데미어 부부가 엮은 페미니즘 SF 선집으로, 원제는 'Sister of the revolution', '혁명하는 여자들'입니다. 두 사람은 편집자이며, 제프 벤더미어는 서던 리치 시리즈 3부작을 쓴 SF 작가기도 합니다. 1권인 『소멸의 땅』은 넷플릭스에서 나탈리 포트만 주연의 영화로 만들어졌지요.

『야자나무 도적』은 국내에서는 두 번에 걸쳐 소개되었습니다. 2016년에는 원제와 같은 『혁명하는 여자들』이라는 제목으로 총 스물여덟 편의 이야기 중 열다섯 편이 실린 선집이 나왔고, 2020년 『야자나무 도적』이라는 제목의 완역판이 나왔습니다.

『야자나무 도적』은 세계 여성 작가 페미니즘 SF 걸작선이라는 명칭에 딱 들어맞는 작품집입니다. 한마디로 페미니즘 SF의 종합 선물 세트 같은 책이라고 할 수 있어요. 무려 707쪽의 두꺼운 책이지만 짧은 단편들이라 그날그날 마음에 드는 제목의 작품을 부담 없이 골라 읽으면 될 것 같아요. 스물여덟 편 모두 다른 색채를 지니고 있지만 개인적으로 특히 좋았던 작품은 반다나 싱의 「자신을 행성이라 생각한 여자」, 수전 팰위크의 「늑대여자」, 어슐러 K. 르 귄의 「정복하지 않은 사람들」입니다.

그중에서 딱 하나만 골라야 한다면 반다나 싱의 「자신을 행성이라 생각한 여자」를 고르겠습니다. 국내에는 작품과 같은 제목의 단편집이 출간되어 있습니다. 반다나 싱은 인도의 환경 운동가이며 SF 작가입니다. 단편집 속 열 개의 작품을 통해 신비한 인도의 자연과 SF적 상상력이 어우러진 독특한 세계를 보여주고 있지요.

「자신을 행성이라 생각한 여자」는 행성이 되는 여자, 카말라의 이야기입니다. 남편인 람나스의 관점에서 서술되는 이야기는 자신이 행성이라고 생각하는 카말라를 시종일관 부정합니다. 람나스는 그저 아내가 미쳤다고 생각하기에 급급한데요. 심지어 자는 동안 아내에게서 나오는 곤충처럼 작은 인간들을 보고서도 악몽이라고 믿으려 합니다. 결국 아내는 행성이 되어 하늘로 올라갑니다. 홀로 남은 람나스는 어떻게 될까요? 결말은 여러분이 직접 확인하시길 바랍니다.

아무쪼록 벤데미어 부부가 혹은 그들 같은 편집자들이 페미니즘 SF 단편집을 꾸준히 엮어주길 바랍니다. 다음 선집이 나온다면 국내 작가의 소설들도 많이 실리겠지요.

그 외 추천하고 싶은 페미니즘 SF 작품들

『검은 미래의 달까지 얼마나 걸릴까?』 N.K. 제미신

라드츠 제국 시리즈: 『사소한 정의』, 『사소한 칼』,
『사소한 자비』 앤 레키

『로드킬』 아밀

부서진 대지 3부작: 『다섯 번째 계절』, 『오벨리스크의 문』,
『석조 하늘』 N.K. 제미신

『얼마나 닮았는가』 김보영

『여성작가 SF 단편모음집』 파츌리 외

『옆집의 영희 씨』 정소연

『우리가 빛의 속도로 갈 수 없다면』 김초엽

『자신을 행성이라 생각한 여자』 반다나 싱

『잔류 인구』 엘리자베스 문

『저주토끼』 정보라

『지상의 여자들』 박문영

『탈출』 남유하 외

『허랜드』 샬롯 퍼킨스 길먼

함께 읽어보면 좋은 책들

『#SF #페미니즘 #그녀들의이야기』 김효진

『SF 거장과 걸작의 연대기』 김보영, 박상준, 심완선

『SF는 정말 끝내주는데』 심완선

『변신』 로지 브라이도티

『성의 변증법』 슐라미스 파이어스톤

『순정만화에서 SF의 계보를 찾다』 전혜진

『여성괴물, 억압과 위반 사이』 바바라 크리드

『여자가 쓴 괴물들』 리사 크뢰거, 멜라니 R. 앤더슨

『트러블과 함께하기』 도나 해러웨이

『포스트휴먼』 로지 브라이도티

『해러웨이 선언문』 도나 해러웨이

3장 페미니즘 SF를 쓸 때 생각해야 할 것들

여성 서사란 무엇인가?

요즘 영화 리뷰를 보면 여성 서사라는 말이 종종 나옵니다. 여성이 주인공이고, 여성이 능동적으로 극을 이끌어 나가는 이야기를 대개 여성 서사라고 부릅니다. 도입부에서 언급한 〈블랙 위도우〉도 여성 서사로 평가됩니다.

『아킬레우스의 노래』라는 장편 소설로 데뷔, 큰 인기를 얻은 매들린 밀러는 후속작으로 호메로스의 『오디세이아』에서 영감을 받은 작품 『키르케』를 썼습니다. 키르케는 서양 문학에 최초로 등장하는 마녀입니다. 지중해 외딴 섬인 '아이아이에'에 살면서 커다란 베틀로 천을 짜거나, 마법을 부려 사람들을 사자나 늑대로 변신시키고, 오디세우스의 부하들을 돼지로 만들었지요.

매들린 밀러는 이 최초의 마녀에게 매료되어 키르케를 주인공으로 한 여성 서사시를 쓰기로 합니다. 남성 영웅 서사시인 『오디세이아』 곳곳에 숨어있는 작은 단서들을 찾아내어 키르케, 여성이 자신의 서사를 읊을 수 있는 목소리를 준 것입니다. 밀러는 키르게를 남자들을 두려움에 떨게 하는 마녀로만 소비하지 않고 주인공으로 성장하게 합니다. 이 책에 대한 이다혜 기자의 추천 글이 인상적입니다.

"아버지 생각이 틀렸어요." 마녀가 되는 첫번째 주문이라면 『키르케』 속 이 한마디가 아닐까. 매들린 밀러는 신화를 '새로' 쓴다. 만들어지는 존재가 아니라, 스스로 찾아가는 존재로서의 마녀. 해방은 거저 이루어지지 않는다.

이렇듯 여성 서사는 우리가 여성에게 관심을 가지고, 질문을 던지고, 귀를 기울일 때 만들어집니다. 기존 가부장제에서 그리던 여성상이나 신데렐라 스토리가 아닌 진정한 여성의 모습을 그리는 이야기를 많이 볼 수 있는 건 반가운 일입니다. 앞으로도 더 많이 나와야 한다고 생각합니다. 그런데 저는 여성 서사라는 말을 쓰는 데 어색함이 있습니다. 여성이 주체가 되는 이야기를 여성 서사라고 부른다는 것은 지금까지 여성들의 이야기가 얼마나 적었는가를 나타내는 반증이기 때문이지요. 예전에 보았던 남자들의 이야기를 우리는 남성 서사라고 굳이 이름 붙이지 않았으니까요.

조애나 러스는 『SF는 어떻게 여자들의 놀이터가 되었나』라는 에세이에서 "문화의 성은 남성이다. (중략) 이 말은 (다른 무엇보다) 우리가 살고 있는 이 사회가 가부장적이라는 뜻이다. 가부장제는 남성의 관점에서 스스로를 상상하고 그린다."[1]라고 말합니다.

당연한 말이지만 우리는 여성의 관점에서, 어떤 여성의 이야기라도 자유롭게 할 수 있습니다. 더 많은 작가가 더 많은 여성의 이야기를 하길 바랍니다. 그래서 여성 서사라는 말을 굳이 사용하지 않아도 되는 시대가 빨리 오기를.

벡델 테스트란?

영화에서 양성평등을 가늠하는 지수로, 1985년 미국의 만화가 앨리슨 벡델[2]이 자신의 연재만화 『경계해야 할 레즈비언 Dykes to Watch Out for』에서 고안한 영화의 성평등 평가 방식

1 조애나 러스, 『SF는 어떻게 여자들의 놀이터가 되었나』, 나현영 옮김, 포도발출판사, 2020, 193~194쪽.

2 "앨리슨 벡델은 『펀 홈』과 『당신 엄마 맞아?』를 쓴 미국의 그래픽노블 작가이다. 벡델은 작품을 통해 가족, 삶, 죽음, 성적 지향과 성 정체성 등의 주제로 자전적 이야기를 해왔고 현재는 동성 배우자이자 예술가인 홀리 래 테일러(Holly Rae Taylor)와 함께 볼턴에 머물며 작품 활동을 이어가고 있다." 알라딘 저자 소개에서 인용.

입니다.

테스트 항목은 단 세 가지입니다.

1. 영화에 이름을 가진 여성이 둘 이상 등장한다.
2. 여성들이 서로 이야기를 한다.
3. 이야기의 주제가 남자에 대한 것 이외이다.

굉장히 단순합니다. 그런데 놀라운 사실은 지금껏 이 테스트를 통과한 한국 영화가 무척 드물었다는 것입니다. 2018년 개봉한 순 제작비 30억 원 이상의 실사 한국 영화 서른아홉 편 중 벡델 테스트를 통과한 영화는 열 편입니다.

고무적인 일은 벡델데이 2020[3]에서 2019년 1월 1일부터 2020년 6월 30일까지 개봉한 영화 중 기존의 벡델 테스트에 네 가지 항목을 더해 총 일곱 가지 기준을 통과한 열 편의 영화를 '벡델초이스 10'으로 선정했다는 것입니다. 추가된 항목은 다음과 같습니다.

4. 감독, 제작자, 시나리오 작가, 촬영감독 중 한 명 이상

이 여성 영화인일 것.

5. 여성 단독 주인공 영화이거나, 여성 단독 주연이 아닐 경우 여성 캐릭터의 역할과 비중이 남성 주인공과 동등할 것
6. 여성 캐릭터가 성별 정형화와 고정관념에 갇힌 스테레오타입으로 재현되지 않을 것.
7. 소수자에 대한 혐오와 차별적 시선을 담지 않을 것.

2021년에도 벡델데이 2021 행사가 열렸는데요. 코로나19의 영향으로 인해 비대면으로 진행되었죠. 앞으로도 벡델 테스트를 통과한 다양하고 수준 높은 영화들을 많이 만나볼 수 있기를 바랍니다. 그리고 영화뿐 아니라 드라마나 소설에서도 '인간의 이야기'를 더 많이 접하면 좋겠습니다.

3 2020년 양성평등주간(9월 1일~9월 7일)에 문화체육관광부가 주최하고 한국영화감독조합이 주관해 열린 행사입니다.

 # 벡델데이 2020 벡델초이스 10

	영화명	감독	작가	출연
1	82년생 김지영	김도영	유영아	정유미, 공유
2	메기	이옥섭	이옥섭, 구교환	이주영, 문소리, 구교환
3	미성년	김윤석	이보람, 김윤석	염정아, 김소진, 김혜준, 박세진, 김윤석
4	벌새	김보라	김보라	박지후, 김새벽
5	아워 바디	한가람	한가람	최희서, 안지혜, 김정영
6	야구소녀	최윤태	최윤태	이주영, 이준혁
7	우리집	윤가은	윤가은	김나연, 김시아, 주예림
8	윤희에게	임대형	임대형	김희애, 김소혜, 나카무라 유코, 성유빈, 키노 하나
9	찬실이는 복도 많지	김초희	김초희	강말금
10	프랑스여자	김희정	김희정	김호정, 김지영, 김영민, 류아벨

제작	제작사
박지영, 곽희진	봄바람영화사
구교환, 이옥섭, 최영애	국가인권위원회, 2X9HD
이동하	영화사레드피터, 화이브라더스코리아
조수아, 김보라	에피파니
오석근	한국영화아카데미
오석근	한국영화아카데미
김지혜	아토 ATO
박두희	영화사 달리기
김성은, 서동현	지아프로덕션, 사이드미러
유병옥	(주)인벤트스톤

벡델데이 2021 벡델초이스 10

	영화명	감독	작가	출연
1	69세	임선애	임선애	예수정, 기주봉
2	나는 나를 해고하지 않는다	이태겸	김자언, 이태겸	유다인, 오정세
3	남매의 여름밤	윤단비	윤단비	양흥주, 박현영, 최정운, 박승준
4	내가 죽던 날	박지완	박지완	김혜수, 이정은, 노정의
5	디바	조슬예	유영선, 조슬예	신민아, 이유영
6	빛과 철	배종대	배종대	염혜란, 김시은, 박지후
7	삼진그룹 영어토익반	이종필	홍수영, 손미	고아성, 이솜, 박혜수
8	여고괴담 여섯번째 이야기: 모교	이미영	이미영	김서형, 김현수, 최리, 김형서
9	콜	이충현	강선주, 이충현	전종서, 박신혜
10	혼자 사는 사람들	홍성은	홍성은	공승연, 정다은

제작	촬영	제작사
박관수	박 로드리고 세희	(주)기린제작사
김주원, 김태호	박경균	(주)홍시쥔, 아트윙
오누필름	김기현	오누필름
장진승, 권남진	조용규	오스카10스튜디오
김윤미, 김요환	김선령	영화사몰(주), 팔팔애비뉴(주)
남정일, 문영화, 서호빈	조왕섭	원테이크필름, 영화사 새삶
박은경	박세승	더램프(주)
김형만	성승택	(주)씨네이천
임승용	조영직	(주)용필름
조성원	최영기	한국영화아카데미

로맨스 쓰는 호러 작가

저는 2018년 여름, '로맨스 쓰는 호러 작가'라는 주제로 작가 강연을 진행한 적이 있습니다. 사실 강연이라기보다 로맨스 쓰고, 호러 쓰고, 공모전에 당선된 이야기를 나누는 작가와의 만남 같은 시간이었지요. 그런데 우연히 이 소식을 들은 로맨스 출판사 담당자가 "작가님이 왜 로맨스 쓰는 호러 작가예요? 호러 쓰는 로맨스 작가지."라고 물었습니다. 그래서 제가 "왜요?" 했더니 "로맨스로 돈 벌고 계시는데 로맨스가 주지 호러가 주예요?"라며 농담 반 진담 반으로 말했습니다. 당시에는 제가 너무 호러를 사랑해서 어쩔 수 없다며 웃어넘겼어요.

세월이 흘러 페미니즘 SF에 대해 강의도 하고, 페미니즘 이론 강의를 듣기도 하며 이 문제에 대해 곰곰이 돌이켜 봤습니다. 저는 그때 왜 (거의 본능적으로) 로맨스 쓰는 호러 작가라고 했을까요?

그건 바로 로맨스 서사가 작가로서의 제 자아와 배치되기 때문입니다. 로맨스의 서사는 기본적으로 파멜라 플롯을 따르니까요.

파멜라 플롯이란 새뮤얼 리처드슨의 소설 『파멜라』

(1742)에서 따온 말입니다. 부유한 B 씨의 하녀인 열다섯 살 처녀 파멜라 앤드루스의 편지들로 이뤄진 서간체 소설로, 처음에는 반강제적으로 파멜라를 유혹하려던 B 씨가 그녀의 정숙함에 감화되어 마침내 정식으로 결혼하게 되는 이야기입니다.

상당히 익숙한 서사입니다. 바로 할리퀸 소설의 원형이라고 할 수 있겠지요. 파멜라 플롯의 가장 큰 특징은 여자는 남자를 통해서만 신분 상승과 성공의 희망을 품을 수 있다는 것입니다.

로맨스의 서사는 (요즘은 로맨스에서도 걸 크러시 주인공이 대세지만) 결국 잘생기고 능력 있는 남자 만나 결혼해서 행복하게 살았다는 이야기입니다. 남성과의 결혼을 통해 여자가 행복해진다고는 '1도' 생각하지 않는 저로서는 로맨스를 쓸 때 자아 분열을 겪을 수밖에 없겠지요.

그럼에도 불구하고 저는 앞으로도 로맨스를 쓸 생각입니다. 제 또 다른 자아는 해피 엔딩과 손발이 오그라들다 못해 혀까지 말려들어 갈 듯한 달콤한 연애와 그것을 보는 독자들의 입가에 맺히는 미소를 사랑하니까요.

그/그녀의 문제

어슐러 K. 르 귄은 앞서 언급한 『어둠의 왼손』에서 여성과 남성 모두의 특질을 가지는 게센인을 그, he로 칭했습니다. 그 결과 당시 독자들은 주인공 에스트라벤을 여성보다는 남성에 가까운 인물로 받아들이게 되었습니다. 이에 대해 르 귄은 페미니스트들의 질타를 받습니다. 그리고 1976년에 「젠더는 필요한가?」라는 에세이를 통해서 he는 영어에서 남성만을 지칭하는 것이 아닌, 포괄적인 대명사로 쓰인다는 자신의 견해를 밝힙니다.

> 내가 게센인들을 그라고 칭한 이유는, 그/그녀를 동시에 가리키는 대명사를 창조해서 영어를 망가트리는 일을 철저하게 거부하기 때문이다. 그는 영어에서 보편적으로 사용하는 대명사 아닌가.(일본어에는 그/그녀를 동시에 가리키는 대명사가 있다고 들었는데, 부러운 일이다.) 그러나 나는 이 점이 사실 별로 중요하지 않다고 생각한다.[3]

그로부터 13년이 흐른 1989년, 르 귄은 에세이의 내용을 수정합니다. 생각이 바뀐 부분을 각주로 처리한 것입니다. 그래서 「젠더는 필요한가?」라는 에세이에는 길고도 많은 각주가 달려 있습니다. 또한 에세이 『밤의 언어』 개정판 서문에서도 대명사와 관련된 내용을 언급하고 있습니다.

> 개정의 주 내용과 관련된 것은 이른바 총칭대명사 he로 상당한 부분의 he를 문맥, 소리, 기분에 따라 they, she, one, I, you, we로 수정했습니다. 물론 이것은 정치적인 변경입니다. (중략) 애초에는 강한 저항감이 들어 좀처럼 그럴 마음이 들지 않았지만, 최종적으로 he가 의미하는 것은 he 외에는 아니라는 것, 그 이상도 그 이하도 아니라는 것을 인정한 저로서는 에세이에 나오는 총칭대명사를 he로 그대로 둘 수는 없었습니다. he는 잘못된 방향을 제시하는 말이기 때문입니다. 1970년대 초반에 「그 자신의 존재의 중심에 서서, 거기에서 일을 시작하는 예술가」

3 어슐러.K.르귄, 『밤의 언어』, 조호근 옮김, 서커스, 2019년, 248~249쪽.

라는 에세이를 썼을 때, 물론 저는 남성 예술가만을 언급하려 한 게 아니고, 하물며 예술가는 남성이라든가, 남성이 아니면 안 된다든가 하는 말을 한 것은 전혀 아니었습니다. 하지만 언어가 의미하는 바는 바로 그것이었습니다. 여성 예술가의 존재가 남성 대명사에 '포섭되는'(문법학자의 세련된 에둘러 말하기로는 '포함되는' 것을 이렇게 말합니다) 일은 없습니다. 그렇지 않고(아르헨티나의 세련된 용법으로는) '사라져' 버립니다. 실제로, 저 자신이 쓴 글이면서도 그 안에서 저라는 개인은—일반 여성과 완전히 마찬가지로—사라지고 말았습니다. 두 번 다시 그런 일을 할 생각은 없습니다.[4]

인류학자 아버지 아래서 다양한 문화와 사람을 접하며 열린 시각을 가진 어슐러 K. 르 귄조차 초기에는 'he'라는 인칭 대명사를 인습적으로 따랐었다는 건 충격적인 일입니다. 인칭 대명사로 인해 르 귄이 『어둠의 왼손』에서 말하고자 한 주제와 전혀 다른 논란이 일어났던 것이지요. 시대적인 배경을 참작하더라도 가부장적인 사회에서 남성이 디폴트 성으로 얼마나 공고히 자리매김해 왔는지를 보여주는 단면이 아닐까요.

시간이 지나…

2013년, 앤 레키[5]는 『사소한 정의』라는 스페이스 오페라를 출간합니다. 그리고 『사소한 칼』(2014), 『사소한 자비』(2015)로 이어지는 '라드츠 제국 시리즈'를 발표합니다.

라드츠 제국에서, 모든 인칭 대명사는 She(그녀)입니다.

4 같은 책, 6~7쪽.

5 앤 레키는 1966년 미국에서 태어났습니다. 어릴 때부터 열성적인 SF 독자로 작가의 꿈이 있었으나 실질적으로는 중년이 되어서야 본격적으로 작품을 썼습니다.(2005년, 지역 글쓰기 모임에서 옥타비아 버틀러의 지도를 받으며 작품을 쓰기 시작했습니다.) 『사소한 정의』를 완성하는 데 6년이 걸렸으며 출간 이듬해 휴고상, 네뷸러상, 아서 C. 클라크상을 받으며 SF 3대 문학상을 모두 거머쥐는 트리플 크라운을 달성했습니다. 그뿐 아니라 영국 SF협회상, 영국 판타지 문학상, 로커스상을 받았습니다. 데뷔작으로 메이저 6대 문학상을 싹쓸이하는 쾌거를 달성한 것입니다.

나는 돌아서서 그녀를 쳐다보았다. 닐트인 치고는 키가 크지만 다른 사람들과 마찬가지로 뚱뚱하고 살빛이 옅었다. 몸집이 나보다 컸다. 하지만 키는 내가 큰 데다, 나는 보기보다 상당히 힘이 셌다. 희롱할 상대를 잘못 골랐다. 미로 모양으로 모나게 누벼놓은 셔츠로 보아 남성일 것이다. 확신할 수는 없지만. 라드츠 우주 안이었다면 그런 걸 신경 쓸 일도 없을 텐데.[6]

이처럼 라드츠 제국에서 '그녀'는 남성일 수도 여성일 수도 있습니다. 대위도, 최고 승려도 그녀로 지칭됩니다. 독자는 이어지는 묘사에서 '그녀'가 남성인지 여성인지 상상하며 읽어나가야 합니다. 심지어 '나'는 인간이 아닙니다. 짐작하셨겠지만 이 소설의 서술 방식은 그다지 친절하지 않습니다. 처음에는 저도 혼란스러웠어요. 하지만 재미있습니다. 스토리 자체도 재미있지만 우리의 편견이 저울에 놓이는 듯한 느낌을 음미하는 맛도 있습니다. 남성적인 이미지로 그렸던 인물이 머릿속에서 여성으로 바뀌고, 여성이라고 생각했던 인물이 남성으로 바뀌는 낯선 경험을 하게 되니까요.

한국에서의 인칭 대명사 문제

원래 한국어에는 '그녀'라는 표현이 없었답니다. 남자나 여자나 다 '그'라는 대명사로 썼는데 외국어의 he/she, 혹은 일본어의 彼(카레)/彼女(카노조)를 번역하는 과정에서 생겨난 단어라고 하지요. 태생 자체가 불분명하다 보니 성별 정보를 포함하는 대명사를 굳이 써야 하느냐에 대한 의문이 제기되고 있습니다. 여배우, 여의사, 여류 작가라는 말을 사용함에 문제를 제기하는 것과 비슷한 맥락입니다. 최근에는 작품에서 '그녀'를 쓰지 않는 작가들이 많아요.

그렇다면 우리도 '그녀'를 사용하지 말아야 할까요? 결론부터 말하자면, 선택의 문제라고 생각합니다. 본인이 그녀를 쓰는 것이 불편하게 느껴진다면 쓰지 않으면 됩니다. 저는 되도록 사용을 줄이려고 하지만 필요할 때는 쓰는 편입니다. 여기서 필요할 때란, 독자들이 직관적으로 등장인물의 성별을 알아차리는 쪽이 가독성에 도움이 된다고 판단할 때입니다. 그런데도 그녀라는 대명사를 쓸 때의 껄끄러

6 앤 레키, 『사소한 정의』, 신해경 옮김, 아작, 2016년, 13쪽.

움은 남아 있어요.

다행히 우리나라 사람의 이름은 러시아 사람처럼 길지 않으므로 인칭 대명사 대신 이름을 쓰는 것도 그녀라는 대명사를 피하는 방법입니다. 그런데 이름이 지나치게 많이 반복되면 글이 어수선해질 우려가 있으므로 주의해야 합니다.

그리고 '그'라는 대명사만 썼을 때 '그'라는 인칭 대명사에 익숙하지 않은 독자들은 '그'를 무조건 남자라고 받아들일 수도 있다는 점도 고민해 봐야 합니다. 기사문에서는 대상이 정해져 있으므로 '그'라고 지칭해도 성별에 혼동을 주지 않지만 아무런 정보 없이 시작하는 소설에서는 독자에게 혼란을 줄 수 있습니다. 번역서에서는 어떻게 해야 할까, 'she'를 번역할 때 '그녀'로 할 수밖에 없지 않을까 하는 고민도 있었습니다. 그러나 2021년 출간된 엘리자베스 문의 『잔류 인구』에서는 주인공인 오필리아가 '그'로 번역되어 있었습니다. 궁금해서 원문을 찾아보니 she라고 쓰여 있더군요. 이 책을 통해 번역서에서도 번역가가 원한다면 원작의 의미를 훼손하지 않는 이상 얼마든지 해결할 수 있는 문제라는 걸 깨달았습니다.

언어는 유동적입니다. 지금까지 변해왔고 앞으로도 변

할 것입니다. 새로운 언어가 탄생하고 쓰지 않는 언어는 소멸하지요. 그 과정에서 인칭 대명사의 문제도 자연스럽게 정착되리라 생각합니다.

소수자 서사

SF는 전복적인 문학입니다. 전복적이라는 말은 정권이나 체제 따위를 무너지게 하는 것이라는 뜻입니다. 한자로는 뒤집힐 전顚, 엎어질 복覆, 한 마디로 뒤집어엎는다는 얘기지요. 프라이팬 위에서 달걀을 뒤집듯 현실을 180도 뒤집어 보는 것입니다.

이렇듯 SF는 현실의 모든 것을 초월할 수 있으므로 여성뿐 아니라 소수자를 보여주기에도 적합한 장르입니다. 주의할 점만 지킨다면요.

소수자에 관해 쓸 때는 절대로 섣불리 접근해서는 안 됩니다. 표면적인 소재로만 다루는 것은 소수자를 더욱 상처 입히는 일이 될 수 있습니다. 대상화도 경계해야 합니다. 대상화하지 않으려면 인권 감수성을 길러야 합니다. 인권 감수성은 가만히 앉아서 저절로 길러지지 않습니다. 부지런히 공부해야 합니다. 혹자는 대상화를 지나치게 경계한 나머지 소수자의 이야기는 당사자나 당사자와 관련된 사람들만 쓸 수 있다고 주장하기도 합니다. 저는 이런 주장에는 찬성하지 않습니다. 당사자성이 없는 작가라도 소수자에 대한 깊은 이해와 공감에서 우러나온 훌륭한 작품을 쓸 수 있다고 생각합니다. 그리고 저는 그러한 이야기가 더욱 많아지면 좋겠습니다.

2021년 현재, 한국의 SF 작가들은 섬세한 감성을 바탕으로 소수자를 아우르는 세계관을 펼쳐내고 있습니다. 멋진 일입니다. SF를 사랑하는 사람도, SF와 사람에 빠지려는 사람도 국내 작가들의 작품을 더 많이 읽어봅시다. SF라는 문학 장르가 한없이 따뜻할 수도, 때로는 냉철하고 서늘하게 현실의 모순을 꼬집을 수도 있다는 것을 함께 발견해 나갑시다.

마치며

글을 쓰기로 마음먹은 제가 가장 먼저 한 일이 있습니다. 작법서 사재기하기.

온라인 서점에 들어가 작법과 관련된 책은 전부 쓸어 담았습니다. 지금까지 살아오며 인생의 많은 부분을 실전보다 글로 배웠으니, 글을 쓰는 것도 글로 배우는 게 당연한 일이었습니다.

이제 와 고백하자면 습작 초기에는 소설을 읽는 것보다 작법서를 읽는 게 훨씬 재미있었습니다. 나와 같은 고민을 한 선배들이 이렇게 많구나,라는 것만으로도 마음의 위안을 얻었거든요. 그러다가 어느 순간 작법서라는 건 작가들의 자기 계발서라는 걸 깨달았습니다. 저는 자기 계발서를 별로 좋아하지 않습니다. 자기 계발서를 읽을 때는 격하게 공감하며 나도 곧 아침형 인간이 되거나 정리의 신이 될 것 같지만, 책장을 덮는 동시에 예전의 나로 돌아와 버리니까요. 그런데도 여전히 저는 작법서를 사랑합니다. 새로운 작법서가 나오면 놓치지 않고 사서 읽습니다. 각자 다른 제목을 달고 있지만 따지고 보면 내용은 비슷비슷한데도 작법서 읽는 일을 멈추지 않습니다. 왜일까요. 아마도 저는, 동종 업계 종사자들의 입을 통해 글을 쓰는 과정의 지난함과 외로움을 위로받고 싶은 것 같습니다.

그런 의미에서, 제가 쓴 작법서가 여러분에게 조금은 위로가 되었길 바랍니다.

SF, 어떻게 쓸까?
SF 쓰는 법과 페미니즘 SF

초판 1쇄 발행 2022년 8월 8일

글 남유하

편집 조나리
디자인 피크픽(peekpick)
그림 김강한

펴낸이 김유정
펴낸곳 yeondoo
등록 2017년 5월 22일 제300—2017—69호
주소 서울시 종로구 부암동 208—13
팩스 02—6338—7580
메일 11lily@daum.net
ISBN 979-11-91840-31-5(03800)

책값은 뒤표지에 적혀 있습니다.